当代著名作家美文自选集

那一湾
秀美的月牙泉

单玫 著

ⓢ 中国社会出版社

国家一级出版社·全国百佳图书出版单位

图书在版编目（CIP）数据

那一湾秀美的月牙泉／单玫著 . —北京：中国社会
出版社，2018.5

（当代著名作家美文自选集／凌翔主编）

ISBN 978-7-5087-5988-3

Ⅰ. ①那⋯　Ⅱ. ①单⋯　Ⅲ. ①散文集—中国—当代
Ⅳ. ①I267

中国版本图书馆 CIP 数据核字（2018）第 110262 号

丛 书 名：当代著名作家美文自选集
丛书主编：凌　翔
书　 　名：那一湾秀美的月牙泉
著　 　者：单　玫

出 版 人：浦善新
终 审 人：王　前
责任编辑：张　迟

出版发行：中国社会出版社　邮政编码：100032
通联方式：北京市西城区二龙路甲 33 号
电　 　话：编辑室：（010）58124856
　　　　　销售部：（010）58124850
网　 　址：www. shcbs. com. cn
　　　　　shcbs. mca. gov. cn
经　 　销：各地新华书店

中国社会出版社天猫旗舰店

印刷装订：北京楠萍印刷有限公司
开　 　本：165mm×230mm　1/16
印　 　张：14.5
字　 　数：220 千字
版　 　次：2018 年 8 月第 1 版
印　 　次：2018 年 8 月第 1 次印刷
定　 　价：49.80 元

中国社会出版社微信公众号

目 录

Contents

第四辑 怀念阿黄

第五辑 酸味书香

又念芭蕉

又念芭蕉

不知怎的，突然就想念芭蕉了。

芭蕉在植物世界中，是树。可是在雨天它便成了一种乐器或一位诗人，它可以邀雨而歌，亦可以邀雨成韵。不过，奇怪的是，每次见到芭蕉，我的心里就会泛起淡淡的苦，或许是因为芭蕉叶过于硕大，绿荫如盖的植物往往只能种植在庭院的角落，因而让它多了孤独的气质。我认定它是一介书生，甚至臆想这位书生在感情上有着深刻的隐痛。

我深爱芭蕉。当有雨滴落在芭蕉上，那如鼓点的嗒嗒声立刻就会刺激我。"隔窗知夜雨，芭蕉先有声。"心里不由自主地便吟诵起白居易的诗句来。

那些日子，我日日盼雨，一直被天井里的芭蕉折磨着，那折磨里有痛苦却带着愉悦。我在等，等雨在屋顶上溅起水花，等雨点重叠连接，在屋檐下挂起水帘，那时我就可以坐在堂屋门口，沾染一身水汽，去寻找芭蕉所带给我的那种旷绝千古的禅境。

独自面对一棵芭蕉，我甚至能感受到，这世上就只剩下了我们两个。芭蕉看着我，穿过雨帘，透过我窥视着连我都不得而知的自己。我看着芭蕉，听雨倾诉芭蕉的过往，恨不能来世与植物为伍，也站成一棵树。人的心思总有自己够不着的地方，这时，或许一株植物却能触摸得到。

失去芭蕉是在一个午后。父亲说，风水先生说芭蕉惹鬼，家中不宜种植。那天，天凉得很，我的心一如空洞的天井，被肆意而为的风吹得生疼。我知道，它的来与去都是一种宿命，但突然的失去还是让我有猝不及防的痛。

一直有一个愿望，在阳台上，或小区的楼下种植一棵芭蕉，看它一叶刚展，一叶又生，一叶深绿，一叶浅黄……永远抽长不尽的情态。可我又害怕没有青砖黑瓦的现代建筑是否能够容纳下它那从远古走来的桀骜仙躯。若随意种植，那简直是对它、对古代文人因它而起的诗句的亵渎。芭蕉，只适合留在古老的院落中或远去的天井里。

有芭蕉的日子，再也不会回来了……

然而每每出行，我都会不自觉地去寻找芭蕉，总希望在公园的一角，或假山边、花窗内能一见它的身影。若正好下着小雨，说不定我还能找到"此夜芭蕉雨，何人枕上闻"的意境。然而那孤独的芭蕉只会在我孤独的年纪才能遇到。再见时，大概也只会是，那因风而舞起的绿云，让我得以一见它潇洒桀骜率真的一面了。

桀骜的芭蕉是属于疯和尚怀素的，寺庙旁的百亩芭蕉何等壮观，只有生活在那个年代的人才可大饱眼福。我不知道醉酒的怀素在芭蕉叶上泼墨时，芭蕉叶是否会因为满身狂放不羁的草书而心生欢喜，突然就与唐代的这位书法家相生相惜了呢？那滔滔的蕉叶声，萧萧的风声，与怀素的笑声大概已浑然一体，早已分辨不清了吧。

硕大的芭蕉叶，总会让人联想到粗犷。粗枝大叶大概用来形容芭蕉最为合适了。然而到了清代，这粗大的芭蕉叶却矫情起来，见证了蒋坦与秋芙的一段恩爱岁月。"是谁多事种芭蕉，早也潇潇，晚也潇潇。"妻子见到芭蕉叶上的题诗，知道丈夫因芭蕉无眠，题诗和道："是君心绪太无聊，种了芭蕉，又怨芭蕉。"

芭蕉被人喜爱着，庭园栽种的最早文字记载，距今已有两千多年。

这被古人称之为天苴、绿天、扇仙的植物，不知被多少文人墨客吟诵，不知触摸过多少颗柔软的心。

多想在一个寂寞的午后遇到一棵心仪的芭蕉啊！可我却始终找不到那被题了字的芭蕉，也找不着曾与雨相和而歌的芭蕉，还有那叶上可以听到秋声的芭蕉。

我心中的那棵芭蕉，大概真的要隔着岁月的长河，隔着夜，隔着雨，隔着梦去寻，才好。

相遇水芹

它是懂我的。这是我对着一株植物发呆时突然冒出的想法。

它绝不会无缘无故地撞进我的生活，我与它在这样的春天里相遇，必定有一只无形的手推波助澜了。

我没有见过它临河而居时的模样，无从了解它的过去，更无法知晓河水对它的滋养到底起到了什么样的作用。在遇到它之前，无知让我浅薄地以为，它只是农民菜担子里挑着叫卖的蔬菜。当然，我也只是在菜场中和餐桌上见过它或捆扎成堆或躺在盘中的样子。

自打它连着根，静养在我书房里的那个不大的笔洗中以后，我这才对它钟情起来。

这分明是江南的小家碧玉啊，温婉灵秀，清瘦淡雅。那一抹绿色让我的书房春意盎然。这绿不同于其他蔬菜或树叶的绿，它介于嫩绿与翠绿之间，透着水汽饱含灵气，绿得让人心疼，舍不得触碰，生怕手指的温度灼痛了它而使它萎靡。静静地看着它，急切地想了解它的过去。

"思乐泮水，薄采其芹。"原来，它早在三千年以前就已经与人相遇，早就被人熟知，而且和读书人结下了不解之缘。鲁公修宫泮水之滨而教化，后世取"芹泮"二字以称文庙。据说，古时读书人若中秀才，须到泮水边采取水芹插于帽檐之上到庙堂拜祭。芹与其他一些植物在古时用于祭祀，因此读书人有了一个雅号叫作"采芹人"。《红楼梦》中亦有诗句云："新涨绿添浣葛处，好云香护采芹人。"这里的采芹人指的就是贾府中的读书人。

或许只有泮水之滨的水芹方有此殊荣吧，一般人还是愿意把它当作一道美食而津津乐道。我很佩服第一个吃水芹之人，一种生活在水中的草如何就让人对它垂涎了呢？想必是，爱极了它的清幽还有那碧绿吧。

江南多美食，小小的水芹却总能占有一席之地。"春水生楚葵，弥望碧无际。泥融燕嘴香，根苗鹅管脆。"水芹的别名很多，水英、蜀芹、楚葵都是人们对它的爱称。一句"根苗鹅管脆"生生将水芹白嫩的根茎展现无遗，靠近根部的那一段近乎白色，隐隐泛着的绿意只有在用清水浣洗时才沁入眼中，让人如见了江南的女子般捧于手心，爱着、呵着、护着。

水芹是有一股特殊香味的，不算浓烈，炒熟时才会幽幽地钻入人的脏腑。很多不爱吃水芹的人厌极了它的气味，却不知爱它之人，却因为那淡淡的药香而一见钟情。水芹的香与药芹的香味不同，比之药芹淡了很多。每每闻到它的气息，我便闻到了春水的味道，食之令人气清。

"菜之美者，云梦之芹。"据说唐代最流行食醋芹，为魏征等清贫的士大夫所酷爱。家乡人食水芹也爱烹醋，有些人家还与鳝鱼或肉丝同炒，而我却生怕这江南的"小家碧玉"被如草莽的荤食玷污了去，因此炒制时，只放一勺油、一点盐便足够了。一小盘腾腾冒着热气的水芹上桌，整个江南的春色便悠悠然吐出淡绿的氤氲。

爱食水芹的我，只在菜市场或饭桌上知其美味，却不知它最初的模样，不知它如何生长，如何从《诗经》中走来。是谁让它无声无息地走进了我的书房，在一个温暖的上午，娓娓地向我倾诉它的过往？

啼春鸟

黎明时醒来，室内有微微的天光，穿过黄色的窗帘落在床上，把整个房间渲染得温暖而浪漫。

鸟在树枝上鸣叫，轻声细语的，仿佛刚从梦中醒转，正温柔地问候身边的妻子。我静静地聆听着它们的歌唱，等待一只咕咕叫唤的小鸟独特的似经过美声发声法训练而成的低吟。它的叫声不同于其他鸟类，似乎只有它这种听起来悠长、哀怨，凄凉中带有甜美的叫声，才配得上早春的清明。太过尖锐的鸣叫之声，或是众鸟啁啾婉转悦耳如歌的辽远之声，仿佛都缺少这个味儿，要么显得仓促浅薄，要么太过华丽反而变得苍白无力了。

"咕咕——咕——，咕咕——咕——"每日躺在床上听它鸣叫，直等它喊亮了早晨，我才会心满意足地起床洗漱。虽然我没见过它长什么样，但我知道它叫斑鸠。

很多人把斑鸠与布谷、鹧鸪混为一谈，认为它们就是一种鸟，只是人们对它的称呼不同罢了。其实，这三种鸟不仅在叫声上大相径庭，便是它们在鸟纲分类中也不属同类。斑鸠属于鸽形目、鸠鸽科，布谷鸟属鹃形目、杜鹃科，而鹧鸪却是属鸡形目、雉科。从分类中我们可以得知它们的长相一个如鸽，一个身形长于鸽，另外一个却像是鸡。

我在网上搜索了它们三个的叫声，相比之下，斑鸠的叫声最为柔和、沉稳，那悠长、略带回音、富有共鸣的鸣叫极具穿透力。听着听着，便仿佛置身于空旷的大山之中，周身被淡淡的雾气萦绕，满目青翠。

"咕咕——咕——，咕咕——咕——"

鹧鸪的叫声闹腾多了，而且它们的重音在最后的两个音节上，"咕——咕咕，咕——咕咕！咕——咕咕，咕——咕咕！"真如明代诗人丘浚《禽言》诗云："行不得也哥哥，十八滩头乱石多……行不得也哥哥。"这"行不得也哥哥"便是形容鹧鸪的叫声了。

"咕咕——咕咕，咕咕——咕咕"，短促干脆的叫声来自布谷鸟，它的声音比起斑鸠与鹧鸪来清脆了很多。大概因为它们总是在芒种时节鸣叫得最为欢畅，所以，大家都愿意把它的叫声理解为敦促农民播种，那叫声也就成了"布谷—布谷"了。

斑鸠仿佛只有在清晨时鸣叫，其他时候很难听到它们的叫声，或许它们每时都会鸣叫，只是白天声音嘈杂，再加上我的心不静，因而耳便不聪了。我多想见一见斑鸠站立在树梢上唱歌的身姿啊。为一览它的芳容，我暗下决心，在下一个黎明到来之时，便起床去寻觅它的身影。

它大概是知道了我的心思，在一个微雨的中午，冷不丁地和我打了个照面。

我看见草坪上有一只灰色的鸟，悠然地在树下觅食，不禁放慢了脚步，仔细端详。这是一只灰鸽子吧，或许是野鸽也说不定。怎么就飞到小区里了？万一被人捉了，岂不要变成餐桌上的美味？我这么想着，轻轻朝它面前靠了靠。它或许早就习惯了小区中来往的行人，依旧悠然而行。在它脖子的两侧满是白点的黑色花纹，像围脖，比鸽子漂亮多了。它是斑鸠！这个念头冒出来以后，我突然就蹑手蹑脚起来，而且张开了手臂。我要捉住它！我要捉住它并非因为知道斑鸠的营养价值高于鸽子欲吃了它，而是想把它饲养在家中的空鸟笼中，这样一来，我不是就可以随时能看到它唱歌时的模样了吗？

当我快要接近它的时候，它竟转头看向我，那清澈、单纯、略显慌张的眼神立刻让我想起了曾经关在那只鸟笼中因被囚禁而撞得头破血流的画眉鸟。我怎可起这样的邪念？我怎可为满足一己私欲而剥夺另一个生命的自由？我为自己张开的手臂而羞愧。

"咕咕——咕——，咕咕——咕——"斑鸠扑棱着翅膀飞上了树梢，在飘着绵绵细雨的中午带着幽怨离我而去，从此不知道要穿越多少个黄昏与黎明。不知明日，我还能否听到它啼叫春天？

枸杞红了

我的梦里始终有一粒红如玛瑙的枸杞。

那是被父亲丢弃在天井角落里的一个盆景。或许是家中花草太多的缘故，被忽视被遗弃在繁花的背后便成了它的宿命。那个角落是天井里最肮脏的地方，虽然它被高置在院墙的一块木板上，但因为木板下方是一个简易的沤花肥的大缸而让它的地位越发变得低微了。

然而它并没有因为不被重视而变得萎靡，春天萌芽，夏天开花，秋天结果……天井里的花实在太多了，如果不是因为下雪，大概我会一直对它忽视下去。

那一年的雪真大啊，整个天井里的植物都被厚厚的雪覆盖了。站在屋檐下不禁感念起雪来，它把天井装扮得如仙境，连那污秽之地也呈现出美丽来。

"啪！"一根枝条承载不住雪的重压，奋力直起腰板。一大块雪被掼在棉被一样的雪地上，只浅浅地砸出一个窟窿来。那根挣脱了重压的枝条，轻轻抖动着身姿。突然，我看见如柳条的枝头上有一颗红色如玛瑙的果实。

我不认识那是枸杞，大呼小叫地喊来父亲，父亲只轻描淡写地说：每年都结果的，今年结得少。这句话令我震惊，同时倍感羞愧，如此美好的事物怎能缺少欣赏的目光呢？错过发现，不仅辜负了生活赋予我们的美好，还让我们失去了高雅的情趣啊。

老屋里的枸杞盆景自我婚嫁以后就不知所踪了，只剩下一只浅浅的空石盆。父亲说，可能是忘记了浇水或是虫灾，反正没太在意。然而自雪地里的惊鸿一瞥后，它就再没离开我半步，始终存留在心之一隅，时常轻跳出来，在遒劲的枯枝上摇曳生姿。

我要买一盆枸杞。

朋友说，买什么买啊，乡下的河边、墙角多的是，哪天回老家我挖一棵大的给你。没多久，她真的带给我一棵。

光秃秃的一段树桩，张牙舞爪的枝条上连一片绿色的叶子都看不见，我深深地怀疑因为挪动、因为新的环境大概已经令它死亡了。父亲用指甲抠破树皮，发现树皮下的绿色后，让我找个合适的花盆栽上。我将信将疑，把它安置在阳台的一角，任由风吹日晒。

是春风唤醒了枸杞还是枸杞的绿叶让春风流连，我不得而知，反正阳台上的风吹红了我心底的那棵宝石般的果粒。

据说枸杞的新叶是可以入茶亦可做成菜肴的，但我怎么舍得把它们一片片摘下呢，任由它们疯长着。可是正当我为满枝绿叶而心花怒放时，枸杞的叶子竟像烂菜叶似的，一天天萎靡下去。查阅了大量的资料后发现，我的这盆枸杞可能是染上了病虫害。接下来的日子，我为它操碎了心。

父亲见我成天折腾这盆枸杞，不由分说，直接把它又丢到了阳台的角落里去了，还让我离它远点。他说：对待花有时候和带孩子一样，你不能关注得太多，那样会不利于他们的成长。

春天的花实在太多了，我渐渐地淡忘了那盆病恹恹的枸杞。直到夏末，紫色的小花再次捉住了我的眼睛。这回，我不敢再把它搬进室内了，只远远地看着，看花朵与蜜蜂嬉戏，看它们自在地轻吻阳光，与雨共舞。

当沉甸甸的枸杞挂满枝头时，我忍不住摘下一粒放入口中。

那红红的枸杞不再是存留在记忆中的样子了，不再是坚硬冰冷的玛瑙，它们饱含甘甜的果汁，一滴滴流入我的心田，融入血液。我的心跟随着那一抹嫣红，鲜亮起来。

馨香的绿色

一直以来我觉得绿色是有香味儿的，每当茶叶在杯中慵懒地伸展开腰肢，慢腾腾地散漫出缕缕清香时，那绿色就有了香味儿。

春天，当你俯身去亲近着那些刚透出绿色的小草时，你会惊奇地发现有一种香，正静静地凝聚在碧绿的质地里。淡淡的香味儿诱惑着你不得不闭上双眼，深深地、贪婪地想把那不停外溢的清淡香味儿一股脑儿地吸入腹中，一丝儿都舍不得吐出。

我一直认为茶的香与青草的香，在本质上其实是一样的。茶叶原本不也是自然界中的一片绿叶吗？再怎么藏着、掖着，只要在遇到沸水的瞬间，必定会被之感化，触动香的神经，把原本碧香的叶片还原出绿色来。品者品着那带有香味的绿色茶水，或许就会多出一份眷念，想把这绿色的香味儿描绘出来，慢慢就有了如香茗般的文字了吧。

青草的香味儿，往往会勾起人们心中的某一段记忆。雨后，或者在被切割机切完后的那堆草堆旁，那香味儿会肆无忌惮地冲入你的鼻孔，然后猛然间便蹿入大脑中。你会惊奇地发觉，那香味儿触动的是心弦，是某一段记忆，你会不由自主地停下脚步，深嗅着那味道，追忆着，寻找着……

人的嗅觉非常奇怪，我一直觉得它是有记忆的。一阵突如其来的香味，便可以使人记忆起童年的某一个日子，或是某一个人，甚至还会勾起对情感的记忆。这些记忆往往只能够独自体会，如果想对一个未曾嗅过某种味道的人描述其气味，却是几乎不可能的。

香的灵韵不仅仅靠鼻子感知，更多的是需要用心来体会。有人说，晒过的被子是香的，因为阳光让人感觉到亲切，自然就有了好感，那味道如何不让人痴迷呢？有人说故乡的泥土是香的，那是爱在召唤，让你感觉温情扑面。香味里往往混杂着复杂的情感，它触动着我们敏感的神经。

我喜欢纯粹的绿色的香味儿。兰花结出的花蕾大多是绿色的，它没有众香堆积后的浓烈气味，只有淡淡的清香，幽影般缠绕着，给人以清爽，不会有浓艳下的昏昏欲睡。这种淡淡的清香，和青草与绿茶是何等的相似啊。

内敛的绿色让我的心灵纯净。那绿色的山峰，绿色的草地，绿色的树木……无不给我美的享受。靠近它们，我仿佛能够听到了大自然的心跳声，感受到大自然的体温，更会让我闻到生命的味道。

我喜欢一切绿色的事物，喜欢绿色带给我的秀美感受，喜欢绿色带来的蓬勃，更喜欢绿色里的淡香和让人平和的气息。手捧茶杯，饮一口碧沁如春的茶水，一股清新畅快的气流冲贯全身，怎一个"醉"字了得。

康德说过："有一种美的东西，人们接触到它的时候，往往感到一种惆怅。"沉浸在这一片清新淡雅的绿色的香味里，却无法用完整的语言表达出来，喜到极处便有了这无可奈何的惆怅了吧。

一地桃花

春风刚把柳树唤醒，爱花的我便开始询问桃花的消息。

"等等，别急，惊蛰到，桃花才红呢。"

我开始等待，等待一声惊雷敲开一树烂漫的红霞。

公园路的河边栽种着一排柳树，每两棵高大的柳树之间便有一棵婀娜的桃树，形成了桃红柳绿的循环，桃柳相依在河边站成一排，仿佛一对对新人正等待司仪为他们举行盛大的集体婚礼，粉色的桃花似新娘娇羞的脸。

"真美啊！"

路边有很多人在拍照，其中不乏银发满头的老人。老人们惊喜的目光让我恍惚觉得他们突然变成了孩童，仿佛第一次看见这种花。

因为桃花，我忘记了这个冬季里彻骨的寒风，走在飘香的路上，我的心上也绽开了一朵朵粉色的花儿。

起风了，一片花瓣像一滴粉泪滑落下来，我听到极轻的一声抽泣。又一阵风，更多的花瓣轻声叹息着飘落在石径上。风肆意起来，枝头的桃花猛地一阵战栗，簌簌而下，地上的花瓣被风卷起，重新飞向枝头，似眷念、似不舍、似呼唤……桃花虽不似木槿花一般朝开暮落，花期却也是短暂的。公园路上的春天一下就老了，春色残了，只剩下匆匆的行人，和片片落花散满一地。

春天怎么能够就这么老去了呢？我要去寻访她的娇颜，到人迹罕至的地方去！

城市西边的公园里有一片桃园，我到达那里时没有人迹，更没有狂风，但桃花却依然在微微颤动，花瓣儿一片一片地飘落在树的周围。走进树林，头顶上是片片云霞，脚下是遍地落"雪"，我仿佛掉进了粉色的梦中。树枝上已有嫩叶长出，它们向我低声述说风曾在这里逗留，这儿也曾上演过一场桃花飞雪的大剧。花瓣们像粉色的精灵前赴后继、且歌且舞地飞扑向大地，先期到达的花瓣牵着风的手飞到半空中迎接她们的伙伴，天地之间被装点成了绚丽的舞台，拉上粉色的帷幔后，她们上演了一场前世今生的浪漫舞剧。

我惊愕地仰望着已经是嫩绿的世界，我在惋惜花期的短暂，怜惜她们被风摧残。而绿色的新叶却告诉我，凋零的花瓣用一生的美丽与柔情，拼出绚烂夺目的瞬间，完美地演绎了桃花秀美壮丽的一生，无怨无悔。

不知怎的，我突然想到"宁可抱香枝上老"的菊花。即使花期过了她们也不愿凋谢，在枝头任由自己"锈迹"斑斑，她们如何能与新蕾争奇斗艳呢？还不如似桃花这般洒脱，盛开时轰轰烈烈灿若云霞，凋零时义无反顾"如钱塘潮夜澎湃"。

目睹了桃花落英缤纷的情景，一种生命对生命的理解之情在心头撞击，我们总是渴望永恒，渴望天长地久。我们恐惧死亡，恐惧消失。其实那或许是对生命的一种误读，因为生命的价值并不以时间的长短来计算。那一地桃花让我懂得了生命更为深刻的内涵，也懂得了短暂之美一样可以得到永恒，就如同萧红、三毛、海子、路遥……他们绽放了，并没有错过自己的花期。

走出树林，花瓣儿依旧充满诗意地飘落着，我的眼中满是舞者曼妙的身姿，心跟着她们颤动，生出千般的柔情。

枯　柳

　　柳树的叶子好像是进入冬至后才开始掉落的，几场北风后，枝条上只剩下了些许枯黄的叶片，整个树干裸露了出来，那难得一见的雄姿肆无忌惮地展现在我的眼前。

　　我从来没有像今天这样注视过柳树。或许是因为水乡多种植，太过熟悉的缘故吧，被忽视好像倒成了必然的了。

　　印象中的柳树是柔弱的，我甚至给了它性别，总觉得它似一个女人，凭借着风力搔首弄姿，招引着路人的目光。有一首儿歌中唱道：柳树姑娘，辫子长长……看来给它以性别的人还真不少呢。

　　柳树仿佛是属于江南的，在很多的绘画作品中，涉及江南春色，画面上大多会出现柳树的身影，那婀娜的身姿飘逸在水边，好似江南的美女在顾影自怜。小时候我也学画过树，每每描摹，必定先画出树的轮廓，树干笔直，树枝遒劲而有力。那蓬勃向上的枝干直指蓝天。我以为，这才是树的形象。柳树下垂的枝条上密密地长满了树叶，那弱不禁风的姿态，让我不得不把它与芦苇之类的植物联系起来，从没有把它当成一棵树来看待。没有强劲的树干与树枝就如同人没有骨头一般，因而，不屑对它赞美。

　　然而，冬天的柳树却震撼了我。

　　河岸边的这一排柳树，整齐地站立着，因为脱去了厚厚的绿色包装，它们展露出的身姿，分明就是一棵棵伟岸的树啊。我终于看到了它们的筋骨，虽然那些褐色树干上的树皮干裂，显得苍老，但那嶙峋的枝干却似一把傲骨。冬天的柳树孤傲地挺立在寒风中，任霜雪肆虐。我突然觉得自己是那么的浅薄，一直以来怎么可以武断地认为柳树就不是一棵树了呢？你看，它正以一种站立的姿态生存着，万千枝杈傲然地伸向天空，尽管有柳条的牵挂，但这并不能够阻挡它作为一棵树而必有的向上姿态啊。如果说柳树的性别依旧是女人的话，那么此时的柳树让我这个女人对女性有了进一步的理解。其实，所有的女性在她们柔弱的外表下，不都藏有一颗坚强的内心吗？！

薄雾中，柳树裸露的身体成了对岸那些依旧透着绿色生命的树木的陪衬，一边展示的是绚烂，一边却仿佛是枯槎的绝灭。这两种风景昭示着生与灭的轮替。褪去绿装的枯柳静静地兀立在风中，苍老的柳树好像正对着苍天陈说着它们的过往、曾经的绚烂与辉煌。此刻的柳树没有美的造型，没有活泼灵动的枝叶，但我坚信在其枯朽的外表之下，必有丰满的、葱郁的存在。它们隐藏着活力，隐含着一种生机，枯朽中显示出的是倔强，此时它在生命的最低点，它正开始一段新的生命旅程。它用最丑陋的近乎死亡的肢体告诉人们生的气息，预告着春的来临。

平淡才是真实的，繁华反而不可信任，生命的低点孕育着希望，而生命的极点呢，是不是衰落的开始？

雾越下越大了，路边的枯柳倒映在水中，影子越来越模糊，水墨画一般。我一路慢行，这时，时间好似凝固了，过去、现在、未来好像都幻化成了一个影子。我恍若梦中。

独品香茗

喜欢一个人泡一壶茶，就着半窗橘色，在氤氲的茶香里，任淡淡的思绪游弋，享受一种浅浅的孤独。随着年龄的增长，我越来越喜欢独自一人，洗杯泡茶。一张书桌，一把茶壶，不需要任何音乐，有那鸟的鸣叫，有那风吹过树叶留下的欢歌，足够了。

各地人有不同的喝茶习惯。江苏人爱喝绿茶，不仅喜欢绿茶清香中夹带的淡淡苦味，还爱欣赏那嫩嫩的茶叶在杯中忽上忽下如舞蹈的姿态，仿佛观看一场妙龄女子的表演。

或针或片的茶叶在壶中不停地变换着位置，似乎在寻找属于自己的最佳平衡点。淡绿色的茶水飘出丝丝香气，如云雾般萦绕在眼前，紧握茶杯的手感觉掌心的温度正暖暖地直逼心头。茶，用它的体温带着我进入到了一个恬淡的梦境，袅袅的茶烟让我的灵魂悠然地脱离了躯体，远离人群，远离烦恼，不停地升腾着，畅游在纯自然的状态中。此刻，我似乎什么都有了，似乎又什么都没有。

鲁迅曾说，"有好茶喝，会喝好茶，是一种清福。"有好茶而不会品饮，糟蹋的不仅仅是茶，还有茶带给人的那一份特有的享受。爱茶的人得不到好茶是煎熬，好茶被牛饮亦是悲哀。正如女子遇到知其心者，方能如愿。好茶带给人的不仅是口感的舒畅，还是一次精神的洗礼。

人间有味是清欢。清欢，应该发自于内心，不可刻意而为，不应该沦为一种形式。越来越时尚的城市，让我们的行为也跟着时尚起来，曾几何时，喝茶去茶吧成了时尚，那刻意强调出来的"格调"多少有些浮夸，让一些人以为把自己搁置在那个特定的环境和场所里面，就有了所谓的"情调"与"品位"了。殊不知青青茶叶，只有品茶人与茶一样甘于淡泊，才能与茶的内涵融为一体，品味出甘、苦、醇、绵……

一个人在家泡壶茶，或对月独饮，或闲看浮云。留一份闲散清淡的心境，在孤独中品茶，享受着孤独，在茶香中欣赏一种独特的静美，那飘逸、超脱的清淡和着甘苦融在身体中，恍惚间我似乎能够感觉到茶已经了解了我的思绪。那一杯茶在品饮的过程中，亦掺进了个人的感情，于是我和茶就有了情投意合的钟情。唐朝僧人皎然有诗曰："一饮涤昏寐，情思爽朗满天地。再饮清我神，忽如飞雨洒轻尘。三饮便得道，何须苦心破烦恼。"

在忙碌了一天后，在夕阳斜泻的书桌旁，沏上一壶茶吧，让茶的清香弥漫，独处时便多了一份闲逸，生活自然会散发出缕缕清香来。

大麦茶

"好香啊！像咖啡的味道！而且很柔和，一下子就滑进喉咙里去了。"女儿对着白瓷茶盅一个劲儿地赞叹着。我端起茶杯嗅了嗅，猜想着饭店在饭前能冲出一壶怎样的好茶来。

茶杯里没有茶叶，白色的瓷杯中那茶水呈深黄色，清澈见底。端起茶杯嗅了嗅，没有茶叶的清香，倒有一股类似于食物被烘烤的香味扑鼻而来。这味道似曾相识，仿佛是从麦粉加工厂经过时闻到过的香味。那淡琥珀色的茶水，让我顿生好感，喝了一口，凉凉的茶水微苦，却又含着一丝甜味，茶水在嘴里停留片刻，感觉似米汤。

"大麦茶？"我疑惑地抬起头来询问服务员，只见站在一边的小姑娘微笑着，点了点头，然后替我们把杯子一一加满。

说实话，我对大麦茶一向是不屑的，把一种与茶叶毫无关系的谷物归类于茶中，仿佛是对茶的亵渎。或许因为它和茶一样是用开水泡饮，故被称之为"茶"了吧。不过我认为此茶和花草茶一样都不是严格意义上的中国茶。

中国人爱喝茶已经有几千年的历史了，并因此而衍生出了特有的茶文化。沏茶、赏茶、闻茶、饮茶、品茶的过程中，无不与中国文化和礼仪相结合，中国茶文化糅合了儒、道、佛诸派思想。这大麦茶的冲泡没有讲究，只要一壶开水便行，炒爆了的麦粒没有茶叶与开水交融后的优美姿态，了无韵味，也就谈不上品茶可托物寄怀、激扬文思了。

然而今天这一杯大麦茶却让我陡生好感，还让我想起了童年时候在农村大口喝下一杯凉凉的大麦茶时的痛快，农村人憨厚的笑脸随着这杯茶的香味再现眼前。吃完晚饭，我们拐进了超市，买了一袋大麦茶。

第二天，我抓了一把被炒得焦黑的大麦放在手心里，只觉粒粒饱满，憨态可掬。找来一个大些的茶杯，把它们放了进去，开水一冲，浓香四溢。我迫不及待地对着杯口，顾不得烫，满喝了一口，大麦粒和着茶水一股脑儿地灌到了口中，难以下咽，吐出嘴里如虫般感觉的大麦粒。我不禁锁紧了眉头，抛下一句：唉，这到底不是"茶"啊，难喝死了！一大杯水也就这么被我无情地搁置在一边了。

傍晚，和女儿打完羽毛球回来，我发现桌子上并排放着几只玻璃杯，色泽由浓到淡。老公一旁站着，得意地介绍说："把大麦茶泡在茶壶里，像虫子的麦粒就看不见了。看，这是头道、二道……"

不知道是因为口渴还是因为茶壶浸泡、过滤掉了大麦粒的原因，每只茶碗里的茶，喝来都是那么的香甜、可口，依旧恬淡、依旧爽滑。换一种泡茶的方式，它的美味才得以彰显。大麦茶可以满足渴的需求，冷饮更佳。这一份朴实是其他茶叶不具备的，但它又与其他茶一样有苦若生命、甜似爱情、淡如微风的渐变过程，一样能让人品尝出人生的滋味。各色茶叶，在品饮时会让人产生各种心态。茶本无心，只要捧茶的人给它以情，那绵绵的意，自会从茶的心头走来。

冬至的月亮

　　我从没有在某个特定的日子，那么深情地注视过月亮，尽管我一直钟爱着它。

　　第一次深情地注视月亮是十五六岁情窦初开的年纪，和父亲在乡下捉蟋蟀。乡村的夜多黑啊，乡村的夜多么寂静啊，人们沉睡在浓郁的黑夜中，做着香甜的梦，没有五彩斑斓的灯光干扰，夜显示出了它的本色——黑！

　　父亲好玩儿，可惜没儿子，我自然充当起了儿子的角色。每年夏末，父亲都会带着我到兴化的一个叫作海南的乡村去捉蟋蟀，一捉便是一夜。那天父亲有好几个帮手，我突然变得有点多余，借着手电筒的微光像个游魂似的懒散地跟着他们。夜的黑手，抓住了整个天幕，所有的色彩、所有的缤纷、所有的喧嚣在它的巨掌里销声匿迹。乡村的夜让我失去了双眼。

　　突然，黑夜里出现了一轮巨大的圆月，那月亮从树梢里探出头来，散发出朦胧的米黄色的光，神采奕奕的，像一位俊朗的王子，随时准备撩开黑夜的幕布走下天庭。月亮散发出的微光是那么的迷人，我的心突然就荡漾开了，假小子的野性被月光轻易地收了去，心里空落落的，似有期盼，又似有失落。不知为什么我突然就有了诗人般的情怀，突然有了"清尊素影，长愿相随"的愿望。

　　沉甸甸的月亮把我的心填得满满的。从此，夏天的夜晚或者月圆的日子我都会深情地仰望它。青春年华，月亮成了黑夜里偷偷与我幽会的情人，我把少女的心思全都倾诉给了它。

过去的月亮很亮，因为那时还有漆黑的夜，深沉的、浓烈的、黑黝黝的夜。不知从何时起，昼夜的边界模糊了，夜不再黑，无须抬头，到处可见"月亮"，那"月光"五彩斑斓，让人们颠倒了黑白。

与我深夜里幽会的月亮在被颠倒了黑白的日子里渐渐离去了。我以为那林立的高楼遮天蔽日，挡住了月亮。我以为如今的时代已经不需要月亮，甚至以为已经没有月亮了。其实我知道，是我到了看不见月亮的年纪，我失去了浪漫的情怀，不再傻傻地长久地仰视它了。

可是在一个冬夜，月亮再次让我怦然心动。

那天是冬至，家乡一直有冬至大于年的说法，朋友相邀聚会，气氛相当好，喝了点红酒却醉了。出了饭店，凉风吹在身上并不感觉到冷。冬至是一年当中极阴之日，这一天白昼最短，黑夜最长。或许是因为从这一天起，白昼逐渐增长的缘故，心中有了喜悦，便把那黑夜里原有的阴冷驱散掉了。一个新的循环从冬至之日开始，数着日子走向了春天。这样的一个日子无论如何都是要纪念的，它应该是一个节日。

"看，今夜的月亮多亮啊！"

朋友的惊呼让我疑惑地抬起头，一轮温柔地散发着银色光辉的圆月高挂在天空。在与月亮对视的那一刻我突然恍惚起来，它还是多年前的那个欲揭开天幕走下天庭的"王子"吗？为什么如今看它竟如此陌生？它已经成了一个遥远的梦，我早就忘记了黑色的天空中还有月亮，就像忘了我曾经有过的青春一样。

青春啊，浪漫在月夜中的青春！月亮啊，我还能重拾青春的浪漫吗？

我满怀深情地凝视着月亮，意外发现，这一轮圆月比任何时候见到的月亮要明亮许多。不是说"月到中秋分外明"么，为何冬至的月亮竟然也如此迷人？

朋友渊博，一番话让我明白了个中缘由：决定月亮亮度的除了天气因素以外，还有地平高度。每年冬至前后，子夜时分的月亮地平高度角度最大，因此冬至的月亮要比中秋的月亮明亮许多。

年年中秋月圆，冬至的月亮却不都是圆月，若想见到下一个冬至圆月必须等上近百年。或许正是因为有了等待，冬至的圆月才格外让人期盼，格外引人注目吧。

冬至的夜晚，我深情地注视着月亮，哦，月亮，我的月亮！从今往后我再不会离你而去，哪怕像树林一样生长的高楼掩盖住你的身影，哪怕在没有月色的夜晚，我依旧和你心心相印，因为早在青春年少时你便深深地印在了我的心上。

下辈子我要做一棵树

不知道是谁问起各自下辈子的事了，如果有来生，希望自己变成什么？结果，说什么的都有。有女人说：变成男人吧，那样自在。有男人说：做一个宠物，那样可以饭来张口。也有人说：管他呢，阎王判你做啥就做啥呗。当问到我时，我脱口而出：下辈子我要做一棵树。

被问及为什么，我什么也说不出，好像是下意识地回答了这个原本就荒谬的问题。大家哈哈一笑，没再追问，散了。

可是，为什么想变成树，却成了我的问题。走在路上，看到路两边整齐排列着的树，这个问题就会自个儿蹦出来，情不自禁地被它盘问上好几回。

我为什么要变成树呢？树没有行走能力，安排你站在哪里，也许一站就是百年甚至千年。我是一个特别渴望自由的人。才有自行车那会儿，我刚刚升入初中。家里唯一的那辆自行车是父亲的，但我早就盯上了它，那家伙可以带着我跑出去很远呢。一个星期天，趁父亲不在家，我"偷"了自行车就跑，到体育场只用了一个上午的时间就驾驭了它。等自己拥有了一辆自行车后，我居然瞒着父母骑着那辆只有20吋的自行车，花了6个多小时的时间才到了邻县。在邻县只停留了一会儿，又匆匆骑着车回家了。车骑到家门口，我的屁股好像被牢牢地粘在了坐垫上，怎么也下不来。结果是父母帮忙，半扶半抱地把我拖进了家门。接下来的日子，我的两条腿仿佛还一直做着机械的蹬车动作，以至于走起路来像个机器人，咚咚有声。身体的酸痛并没有影响到我的好心情，成功地"放飞"了一次自己，这种快乐无法言说。

我的梦里，真的有一双隐形的翅膀。我很想飞，想飞到天涯海角去，飞到我想去的每一个地方。汶川大地震时，女儿问我：如果预报说，我们这里将在一小时后面临灭顶之灾，你会如何做？我不假思索地回答：找一辆车飞奔！能跑到哪儿算哪儿。

这样的我，如何会想变成一棵无法移动的树呢？

这个本不是问题的问题困扰着我。突然有一天，我很想把它给抛掉，或者说想把它传递给其他的人，让别人来帮着我寻找答案。

我问一个平时很少说话、性格内向的人：下辈子你想做什么？我多么希望他会回答，下辈子我想做一棵树啊，那样一来，也许我就能从他的头脑中挖掘出我的思想了。可惜他的回答与我预想的答案相差十万八千里。当被我问及为什么不想变成一棵树的时候，内向的他居然说：树没有朋友。

人需要朋友?! 对呀，再内向的人也会有一两个知己，群居的我们怎么能够没有社交活动呢？我们通过交往了解了未知的世界。因为朋友，我们有了相识、相知的记忆，有伴的我们不再孤独。

树呢？树没有语言，无法去和另一棵树进行交流。只有风起时，它们才会摇动树叶发出沙沙的声响，那声响是它们交流的语言吗？是它们在欢快地歌唱？但也许是它们因无法言语而在呜咽也说不定噢。哦，不，树没有记忆，哪里会有情感呢？那只是空气流动造成的一种声音罢了。

那么我是不是该重新设想一下下辈子的归属问题？我还想变成一棵树吗？

"下辈子我想做一棵树！"

这是在我开始否定这个答案时得到的一个肯定的回答！

回答这个问题的还是我！

那天，和女儿闲聊，越聊越远。从猿聊到人，从现在聊回到远古，从国内聊到国外。我们聊历史，我们聊历史中的人物、事件以及冤案。女儿问，历史为什么总是在重复？我回答说，那是因为历史是人创造的。人有七情六欲，除却积极向上好的品质以外，自然也会有贪婪、自私从而就有暴力、仇恨、杀戮。人活在人类的世界里，有时候会感觉痛苦，那是因为，我们有记忆，我们有思想，我们有七情六欲。都说傻子很快乐，那是因为他们不再有思想，估计记忆也会很短暂，甚至会像鱼似的只有六七秒的记忆时间。但我不想做那个傻子，因为傻子的亲人会因为家有傻子而痛苦。

如果有来生，你希望做什么呢？

这个问题居然辗转到了女儿那里，她在问我。

还是做一棵树吧。树没有思想、没有情感也就不会有痛苦了。

那你就是在逃遁了？

女儿大了，问的问题越来越尖锐。

嗯……我回答不上，但狡辩说：就算是逃遁吧。但我敢于面对自己的懦弱。我无法改变人类的历史，无法言语。话语权从古至今都是掌握在少数人的手上，但我又看不惯那些已经腐败了的专家们的嘴脸。我憎恨人类因为交易而扭曲的面目，那么我还是选择逃遁吧。如果有来生，我要做一棵树。哪怕无法移动，哪怕难逃被砍伐的命运，那又算得了什么呢？树，没有记忆，没有欲望，没有情感。

作为一棵树的你，又想长在哪里呢？

又一个问题横放在我的面前，我无法回答。是的，我要趁着仍然作为有欲望可支配的人时做出决定，我将何去何从？我找不着答案。直至有一天，当我的母亲说，百年后想葬在树下，化作泥土使树茂密，让树延续生命时。

我终于有了归宿。

丑的烦恼

我的父母一表人才，按理说我这个女儿不该退化。就他俩的遗传基因来说，我也应该长成一个美人儿，但结果出人意料，从小我听得最多的就是："这个丫头丑得像从渔船上抱来的。"或许是为了弥补遗憾，我的妹妹很快来到了人间。她从小就是一个美人坯，骨骼比例近乎画家笔下人物的素描，头小脖子长，眉眼更是惹人怜爱。

因为有了比较，我的丑更为明显。令人沮丧的是，丑陋会引起偏见，人们对闪光的外表抱有期待，而对于丑陋的长相更多的就是疑虑了。这种疑虑往往很深，会让人对丑陋之人的能力产生怀疑。说来奇怪，渐渐地，我真的验证了这种偏见。大人们谈起我时，多了更多的形容词：笨得很，傻里傻气的，不灵……

家有丑女是不幸的，父母对这个丫头会倍加关注。我想，这种关注最终是为了将来可以让这个丑女顺利出嫁。开始，父亲还满怀希望地观察了一段时间，期待着女大十八变能够在我的身上得以淋漓尽致发挥。哪知变化的过程更加剧了父母的痛苦。人家的孩子变着变着就成了一枝花。我也变成了一朵花，但这朵花却如向日葵一样，浑圆而硕大。为了让日渐肥胖的我能够瘦掉几斤，父亲竟突发奇想让我学习起了舞蹈。殊不知，练功房中，因为裤管几次被肥胖的大腿撑破，我成了一群孩子取笑的对象。幸好我是一个傻里傻气的人，并没有像父母担心的那样因为自卑而内向。

因为不是美人儿，我的性格与美人的差距也就越拉越大了，成天带着一群孩子淘气。暑假里，我会像男孩子那样爬树、捉虫、逮鸟，从没有像其他的女孩一样安静地待在家中缠着父母给讲讲故事或和洋娃娃过家家。

也许是父亲对我已经失去了希望，他任由我像男孩一样生长着。家长对男孩的态度往往是严厉的，我从小就感觉到父母偏袒妹妹，从没有对妹妹没学会乐器而责难过。对我，却是另一种要求，不仅要求我学会一种乐器，而且诸如绘画、象棋也必须略懂一二。我知道，他们这样做，是对我相貌上的失望，生怕这个女儿无一技之长，将来被人嫌弃而对生活失去信心。

殊不知，从小就被定为丑女的人，自信往往是超强的，尽管我知道这自信更多是来自自卑。自从我有了这样的自信后，变得越来越好强、好胜，虚荣心不住地攀升，以至于在选择另一半时，我立志要找一个长相俊美的男人，这或许是因为自己貌丑而对美的一种渴望吧。

我的女儿从小就被人夸赞为小美人儿。自己的孩子被人夸奖，作为母亲的我自然是非常开心的。然而，每每别人夸赞完了她以后，都会上上下下打量我一番，然后说上一句：你女儿像她爸爸。我知道，这一句话是不完整的，应该还有这样的一句：幸好没遗传她妈。虚荣心与嫉妒心是一对好姐妹，但是，我怎么可以嫉妒我的女儿呢？慢慢地我学会了自嘲，善解人意地抢着说出别人内心的想法。看到别人尴尬的笑容，不知怎么的我竟然会得到一丝满足。

随着年龄的增长，相貌的美丑渐渐地不再被人在意了，这就好像人到了七十岁，性别被忽视一般。因为不再关注相貌的美与丑，我的兴趣开始转移，重拾起儿时所学的一些技能，自娱自乐地过起了逍遥的日子。

我以为，我会因为忽略外貌而平静地度过一生。突然有一天，我竟被人称呼为美女。在判断不是讽刺后，我的惊异不亚于穿越剧中的主人公置身于唐朝一般。我深切地怀疑对方的审美能力！当我听到更多的人喊我美女的时候，我变得混乱了，我开始考虑要不要否定父母对我的定义。我的傻劲儿在一声一声的美女称呼中不停地往外冒，我甚至会好奇地问对方，我真的是美女吗？得到的答案往往出乎我的意料：你不仅是美女，而且属于有气质的一类。这大大地满足了我的虚荣心。

然而，有一天，当我习惯地在别人呼唤美女的时候回头答应时，却发现，别人呼唤的是我身边一位长相奇丑的人。这个打击让我蒙了整整一天。回家后问了女儿才知道，如今美女这一称呼，是对女人的统称，就如同过去叫人同志一般。女儿还给我解释说：假如，别人说你有气质，这说明对方挺有修养的，不好明说你丑陋，安慰安慰你罢了。

一剪梅

人很奇怪，有时候一首歌的旋律就可以把你推入时光隧道，不知不觉地走进过去的某个时段，甚至还会因此突然想到某个人。心跳的频率不再按部就班，时常会突然停歇半秒，那突如其来的心颤，使人慌乱，然而慌乱时却没有痛苦，反而会令人心驰神往。渐渐地，我们会爱上这样的感觉，主动穿越时空，去回忆那时的情景。

我挺爱唱歌的，特别是上学的时候。课本上的歌曲，录音机里的流行音乐，电视剧的插曲，一听就会哼，一学就会唱。二十世纪八十年代的初中生大多和我一样，放学回家的路上嘴里一般都在轻轻哼唱着一首歌。

那一年校园里流行起了费玉清演唱的《一剪梅》，不知道是被旋律吸引，还是因为歌词富有诗意，反正，不管走到哪儿，到处可以听到这首歌。记得一次音乐课上，老师心血来潮，背着手风琴让我们自由发挥，爱唱什么唱什么，他只负责伴奏，前后有三个同学选择了这首歌。其中有一位男生唱得特别好，老师点评说，因为动情了。

这一句点评不亚于一颗炸弹，轰一下炸开了。少男少女对情与爱这一类的词异常敏感。那位原本就腼腆的男生在同学们的笑声中越发变得内向了。

我发现他不再和我们女生说话，甚至有意在躲着我们。但是，有一天放学路上，我却听到他在我身后唱歌，不是哼哼着听不清歌词，而是像在讲台上表演一般，吐字清晰、富有感情。我停在路边诧异地回过头去，他猝不及防，歌声戛然而止，怔怔地看着我。不过，那眼神只在我脸上停留了一两秒的时间，便闪到其他地方去了。因为他的躲避，大大咧咧的我突然也不安起来，不知道该不该和我的这位同学打招呼。正当我不知所措的时候，一直低着头的他，忽地昂首挺胸，大步从我身边走过，被我打断的旋律和着歌词重新从他的嘴里传出，恍惚间，刚才的停顿竟像是录音带卡带一般。他哼唱着，飘然而去。

"一剪寒梅，傲立雪中，只为伊人飘香……"

虽然觉得他有些怪异，但歌声确实富有磁性，很招人喜欢。这歌声不像其他男生因为变声而时常跑调，他的声音相对稳定。我想，或许他已经过了变声期了吧，反正我挺喜欢听的。但是，没过多久我就开始害怕听到这富有磁性的歌声了，甚至害怕听到这首《一剪梅》。

每天放学回家的那条路上，他都会跟在我的身后，反复地演绎着这首歌，像复读机一样，一遍一遍，不厌其烦；一遍一遍，富有感情。歌声从我的耳膜进入，那一个接着一个的音符像藤蔓一样越长越长，一直入侵到我的心脏。就在"藤蔓"快要把我的心脏缠绕包裹时，我突然意识到这首歌是唱给我听的，那歌曲里的歌词因为我名字中的那个"梅"字而显得暧昧。那一瞬间的思维定格，让我一下子就从懵懂的孩童转变成为青春期的少女了。我也因为这首歌而体会到了怀春少女所特有的情怀，欣喜、激动、害怕、羞涩……

被异性喜欢会极大地满足女孩子的虚荣心，当年的我，因为《一剪梅》而变成了骄傲的公主，我忐忑不安地享受着每天放学路上的歌声。他从没有对我说过什么，我也一直没有和他说过一句话。我以为，这首歌会成为我们交往的桥梁，我甚至在等待着他停止歌唱，不再用歌词对我述说他的情感。

然而，他的行为竟然被几个调皮的男生发现了，他成了全班同学取笑的对象。他的名字从此被歌名取代，所有人都喊他"一剪梅"。

我担心被扣上早恋的帽子，把自己对那个男生的好感掩藏了起来，并且还昧着良心把那个冬天里所受到的暖阳一般的好日子都描述成了灰暗的阴天。我成了无辜的受害者，同学们都认为我被一个痴心的男生莫名跟踪，深受其害。

后来，放学的那一条路上再没有听到过他的歌声。但《一剪梅》却一夜成名，成了班歌。下课铃一响，老师刚离开教室，一句歌词就会从二三十个男生嘴里吼出，"一剪寒梅，傲立雪中，只为伊人飘香！"那走了调的岔了气的旋律依然像藤蔓，然而因为众多的藤蔓交织在一起，最终扭曲甩打成了鞭子，狠狠地抽打着我的心。

流行的终究是一时的，渐渐地这首《一剪梅》淡出了舞台。一晃二三十年过去了，我以为中学时代的这段往事会与这首歌一样慢慢地被人淡忘。哪知，因为周杰伦的红火竟带动了费玉清，这首《一剪梅》又流行开了。每当旋律响起，我就会想起那条每天放学走过的长街，会想起那一年的冬天，会想起那个唱歌的男生。不知道他会不会因为当初的"无辜受伤"而讨厌这首歌。不知道，多年后再听到这首歌的时候，他还会不会想起一个名字里有一个"梅"的我。

苦百合

除了药的苦，我最早对苦味的体会来自百合。小时候，每到夏天，我的奶奶就会煮上一小锅百合汤，盛在一个个精致的小碗里，分给家里的人吃。我和妹妹都不能接受那苦阴阴的味儿，推给爸爸。这时，奶奶会立刻接过爸爸手里的百合汤，一边送到我们面前一边说："苦夏、苦夏，夏天吃点苦，一年不闹病。女人家苦啊，从小最好多吃点苦东西，早早地适应了才行。吃百合好啊，一个夏天吃下来，会让人又白又美，还会香香的哩。"就为了那句人可以变得香香的，我们拼了命，一勺勺地放糖，然后如吃药般囫囵吞下，糖的甜味儿黏在唇上，抹一抹，抹去的是浮在嘴边的甜，却怎么也抹不去那弥留在嘴里回味过来的苦味儿。

人们通常都喜欢甜的食物，不喜欢苦味，总感觉苦味是毒素存在的信号。其实，诸味中"苦"却是能解毒化湿的，它还能刺激味觉神经，增进食欲。

百合的苦味儿，一直留存在童年的记忆里。随着年龄的增长，不知怎的我竟然开始喜欢上了它，不再拒绝它的苦味，并且还会主动地吃一些"苦"。

夏天，看到有新鲜的百合上市，我定会去菜场买上好一些。刚买回的百合外层被褐色的叶瓣包裹着，携着泥土，似农家的小女，生生涩涩的模样。虽有莲的形状，却很不起眼，混杂在一袋袋的蔬菜中，随手丢在角落里，并不会觉得委屈了它。只有在准备食用而剥去它外层的红衣时，它那袅袅婷婷的样子才会让人发出惊叹：这分明是江南的小家碧玉啊。水灵灵的，直勾人的魂魄而去。我不明白这如玉般的百合，为何心存苦味呢？

百合被一瓣瓣地剥下存放在冰箱里，每天煮上一小锅，然后学着奶奶的样儿，分装在精致的小碗中，哄骗着女儿喝下："女人苦啊，从小要多吃点苦才行……"如今的孩子哪里还吃这一套，嚷叫着直喊我愚昧，任凭我怎么"逼迫"都不行。

女儿不肯吃，而我却津津有味地吃着。唇齿间依旧带着丝丝苦味儿，不过这苦的滋味儿似乎淡去了不少，是因为早已熟悉了而能够接受，再不需要用糖来掩盖了？还是如今的食物不如从前苦了？那么苦茶呢？用来消暑的苦瓜、生病时喝的中药呢？甚至酒桌上的啤酒不也泛着淡淡的苦味吗？它们都不如从前苦了？还是我已经适应了它们的苦味，不再惧怕？或者说这苦一再地吃，就会觉不出苦味来？

人的一生大都与苦相伴，哪怕是恋爱时，相思的苦味儿也会让很多人刻骨铭心。为了人生的一点乐趣，我们往往用苦来比较出甜。我们用"苦尽甘来"勉励着自己，我们学会了在"苦中作乐"，我们弘扬着不怕"吃苦"的精神，我们接受着"天将降大任于斯人也，必先苦其心志"的教育，我们在困苦中学会了苦修隐忍而使得心境平和……

百合一如既往地苦着，那苦味儿丝毫没有因为岁月而淡去，是生活改变了我们，让我们尝尽了各种苦的滋味，小小百合的苦味又算得了什么呢?！等女儿再长大些，品尝过比这百合更苦的滋味后，她才会和我一样主动找些"苦"来吃吧。

那一湾秀美的月牙泉

那一湾秀美的月牙泉

只要有人说到沙漠，我的心就开始活跃起来。

甘肃敦煌有一座鸣沙山，鸣沙山里有一个月牙泉。神秘的月牙泉虽然终年遭遇烈风，而泉水却从来不会被流沙掩埋。就这样，月牙泉依偎在鸣沙山的臂弯里秀美了何止百年、千年。

然而，从小我就被告知大漠、戈壁那是遥不可及的地方，张骞从甘肃出发一路向西，出了阳关十多年后才回来。甘肃的敦煌在我儿时的印象中便是天边。

于是，敦煌成了我心头一片徘徊的云彩，月牙泉成了我从春到秋从冬到夏的一个挥之不去的梦。

我只能从书本中去寻找。我发现，书中记载的敦煌，在商周时期，游牧民族允戎和氏羌在这里留下了珍贵的壁画；先秦时期，月氏和乌孙先后游牧徙居于敦煌；西汉初年匈奴从漠北高原入侵河西，成为河西走廊的主人，直至汉武帝消灭了匈奴、统一河西后，才真正揭开了敦煌辉煌的文化史。这里曾经有过战火和硝烟，李广、卫青、霍去病都是令匈奴人闻风丧胆的将军。这里曾是丝绸之路的重镇，是古代中国通往西域、中亚和欧洲的交通要道，商人名士汇集之地。曾经的繁华不亚于当今的上海、深圳……

如今，古人远去，却在鸣沙山东麓的断崖上留下了被称之为东方世界艺术博物馆的敦煌壁画。鸣沙山上再也没有硝烟，然而那因滑沙而出现的鸣响，是古代疆场上号角的呜咽吗？

魂牵梦萦的鸣沙山让我一再计划着出行，终于在今年初秋与同事一起踏上了西游之旅。我终于有机会走近神往已久的月牙泉了。

从泰州到兰州我们坐了二十七个小时的火车，从兰州到敦煌还需要十四个钟头的路程。无数次在梦中出现的月牙泉仿佛和我捉起了迷藏。从嘉峪关市到敦煌要穿过一段很长的戈壁，在看不到尽头的公路上，我看到一轮红日在我的前方缓慢降落，当那轮红日被公路吞没以后，我突然变得茫然不知所措。这里荒无人烟，连飞鸟走兽都看不见，这一览无余的地方会有我朝思暮想的美景吗？

到达敦煌市时已经是晚上八点多了，市区非常干净，没有沙尘侵袭的痕迹。当地人说，如果离市区仅十分钟路程的鸣沙山上的沙，吹进市区的话，估计敦煌就将成为第二个楼兰古国了。然而几千年来，风沙却避开了这座古城，这是一个奇迹。市中心繁华、热闹，还有着浓浓的西域特色和民族风情。

太阳刚刚升起时，我们来到了鸣沙山脚下。没有骑过骆驼的我，在骑上骆驼的一瞬间既兴奋又紧张。或许是因为养狗的缘故，动物都爱与我亲近，在我骑行的骆驼未曾起身时，身后的一只骆驼竟然跨步向前友好地在我面颊上亲了一口。我吓得惊慌大叫，却发现那只骆驼摇头晃脑不时低下脑袋来蹭我，它扑闪着大眼睛似对我微笑。好客的鸣沙山派遣了一只热情的骆驼带领我走近了它。

朝阳中错落有致的鸣沙山一半是金色的，一半暗淡如土，山脊如丝带连接着蓝天，蔓延柔软，然而它又像刀刃一般光滑锋利。山脊上有一支徒步登山的队伍，那些人渺小如蚂蚁，但登山途中带来的惊喜，使得惊呼声不时如阵阵鸟鸣传入耳中。一队队骆驼走在连绵起伏的沙山上，盘旋而上，这让我想起了古代丝绸路上的那一字排开的商队。

月牙泉在鸣沙山中真够小的，它东西长不过二三百米，南北宽四十多米。然而正是这样一泓弯如月牙的小泉，才得以让这座光秃秃的沙山有了灵气。这是怎样的月牙泉啊！它在沙丘的环抱中，像娴静的少女静静流淌了几千年。千百年来，风沙一定肆虐过，却从没有将它掩埋，它依然碧波荡漾，水声潺潺。是什么神奇的力量让不相容的沙与水共生一处，形成了这神秘的天地奇观？

月牙泉的传说有很多，我更愿意相信是美丽善良的白云仙子，不忍看到人们因干旱而备受煎熬，伤心落泪化为甘泉的故事；我更愿意接受，是白云仙子为了战胜神沙大仙，而向月宫嫦娥借来一弯新月化作月牙泉，供人们饮水浇田。其实不管是什么传说，都是因为人们无法解释沙漠中的奇景而有的若干猜想。千百年来，人们面对天赐的神奇美景，或许只能用传说来说服自己吧。

我静静地站在月牙泉边，惊叹于眼前的美景，一再流连。

捧起一把沙来，细察之下发现这里的沙还真是五彩的。我不知道，几千年前在此驻足过的古人看到的景象是否和我一样，我手上的沙砾曾经被古人捧起过吗？若干年后，或许有一个如我一般的傻瓜，也捧着一把沙砾，怀揣着与我一般的心思也说不定呢。遐想至此，一丝甜蜜涌上心头，我为我走近过这一湾秀美的月牙泉而骄傲。

与一条小溪相遇

三年前去四川，除了会友就是想一睹九寨沟的美景。三年过去了，当年的美景被更多的人收入相机中，传遍了大江南北。我若想再睹她的容颜，随时打开电脑就可以浏览到若干的美图。然而有一条小溪，在电脑中踅摸不着，它驻扎在我的心里。

这条小溪从进入九寨沟的大门起就一路陪伴着我。据说它是从雪山上一路奔流而下的。我看到它的时候，它正欢快地在极浅的河床里奔流，走不多远便撞上了碎石，冒出一串串的泡泡，泡泡们你争我赶地漂向前方，在一块横卧于河中央的石头边聚集。它们成群结队地挤在一块儿，挤出白花花的一团，像盛开的栀子花。

太阳照进小溪，涟漪的水面上升起了一阵青烟，溪水欢快起来，呼朋唤友地跳着、笑着，笑得花枝乱颤，投射在小溪里的阳光被溪水反射到石头上、树枝上，忽闪忽闪的，直晃得人眼晕，我不由得跟着它们欢快起来。

溪水汩汩地流淌着向前，当它发现前方有一巨石阻隔时，竟嘟囔起来，继而扯开了嗓门冲着巨石呐喊，不满之情使得老远的人都听见了，侧过头来诧异地看着它。远处另外几条小溪也加入了向巨石挑战的行列，它们兴奋地相互招呼着，拉着手汇成了一股大大的水流。当它们冲向巨石时，齐声发出了"哟、哈、嗬"的呼喊。飞溅起的水花踮起脚尖旋转着，终于完成了跳芭蕾的梦想。

跃过巨石，溪流便笑着分了手，一点儿都没显出不舍之意，因为它们知道过不了多久必将再次相遇。

我默默地跟着它，听它叽叽不休地告诉我九寨沟的水有多美。

九寨沟里有若干个以海命名的水面，那里的水是透明的，连水底的石头和石头上的绿藻都可一览无余；九寨沟的水又是多彩的，它呈现出各式各样神奇的色彩，浅绿、黛青、靛蓝……像一块块翡翠镶嵌在山间；九寨沟的水是宁静的，是那种旷古悠远的宁静，它与贪婪、名利无关，它们离天很近，像一双双眼睛守望着圣洁的大地。

我微笑着看向流淌的小溪，它一路走来难道就是为了最终融入那一个个的海里去吗？

溪水遇到的障碍越来越多，水底有断裂的树枝横七竖八毫不客气地或站立或平躺，它们被钙化沉积物包裹了起来，形成了神奇的水底森林。来吧，都来吧，前进的路上怎么可能没有阻拦？有挑战、有障碍，这才是生活啊。当溪水一次次撞向阻挡它前行的树桩、石块而发出铿锵有力的轰鸣时，我突然发现它已由顽皮的孩童成长为一位翩翩少年了。

从容不迫的小溪一路高歌，与前来与它汇合的同伴齐聚在悬崖边，它们蓄势待发只待一声令下便纵身一跃呼啸而下，顿时清澈透明的水花飞溅起来，如堆积的白雪被轰然推下峭壁。挨挨挤挤在一块儿的溪流如一条条白色的巨龙，发出雷鸣般的嘶吼，它们知道只有被摔打后才能最终汇入到平静如镜的海里去。它们满怀希望，浩浩荡荡飞落下来，哪怕被撞击得遍体鳞伤也毫不在乎，坚实的肌肉会让它们显得更为强壮。

落入山涧的溪水来不及招呼便迅速分离，各自朝着自己的目标奔跑。它们因为所选择的道路不同，一路上所遇到的险阻定然各不相同，也许有的溪水会绕山坡一圈走许多弯路，然后重新与伙伴们汇合。它们至此才会明白，人生的道路原来都是一样的，最终汇入海中，归于平静。

　　九寨沟有若干条这样的小溪，山坡上、悬崖边、峡谷中、草丛里到处都有它们的身影，到处都可以听到它们的欢声笑语、呐喊咆哮。它们是九寨沟的灵魂，与它一路奔跑的过程中，我看到了生命的力量。

大山的呼唤

我想，在很多人的心目中，攀登黄山不仅仅是一次消闲的旅游，还是一种朝拜吧。出于对天下第一奇山的崇敬之情，应和着那些奇峰、异石、怪松的召唤。

当我们的车进入汤口镇的时候，每个人的脸上都不由自主地露出了朝圣般的神情。是的，我们早该来了，早就该来叩拜这座对于中国人来说有着强大吸引力的黄山了。

大巴绕着山路盘旋而上，越往高处越觉得阴凉，阳光仅仅在树叶的空隙里投下星星点点的光彩，如蛇一般的盘山公路隐没在树荫中。车缓缓而行，整个大巴里安静得很，这种气氛在中国人聚集的地方非常少见，或许大家对黄山都怀有一种崇敬之情吧。

我们从云谷寺徒步登山，和一群群素不相识的游客一起走走停停，或眺望山峰，或聆听鸟语。漫游黄山，随处都可以歇脚，走累了，找一块平坦些的石头一屁股坐下，立刻就融入在大山之中，放下了所有的矜持，如山间的小动物一般纯粹。总以为山是寂寞的，石头构成的山体与生命无关。可是，黄山上到处可见葱郁的树木彰显出蓬勃的生命。挤在路边的花草、覆盖了整个山头的树林，无不吸引着我们的眼球，黄山上那最具特色的松树，时常会让我们发出阵阵惊叹声。它们生长在石头缝隙里，只要有一层泥土就可以立足，在绝壁上伸展它们的枝翼。那些松枝大多扭曲成奇特的造型，这是千百年来与风霜搏斗而形成的姿态。也有些松树的枝干是笔直的，但它们都似人一样地张开了臂膀欲与群山拥抱。松与层层叠叠的山影构成了天然的巨幅画卷。行走在这样的画卷中，无论多么疲惫都感觉不到，只有到了第二天无法上下楼梯时，才会想到这是因为登山所带来的身体不适。可是，这种不适又算得了什么呢，心灵的满足远比身体更为重要。

到达始信峰的时候，与我们同行的一拨拨游客，刚刚还叽叽喳喳说个不停，突然间就安静了下来，人们睁大了双眼眺望着，嘴里只发出"啊""哇""嗬"的嘘声，一句完整的句子都没有。游客们如同康熙年间的陈九陛一样，到此方信黄山真如徐霞客所言："薄海内外，无如徽之黄山。登黄山，天下无山……"我一直疑惑为什么历代文人墨客或王公大臣、平民百姓，甚至那些头发斑白的老者，都不辞辛苦，频频登上黄山。几千年了，黄山上为什么始终流动着一支浩浩荡荡的登山队伍，穿行在山间，踏着崎岖的小路一步一步地朝着最高峰而去呢？站在这里，我明白了，黄山是超越一切的，千万年来它始终以不变的姿态静观着历史。那些不朽的山峰，让人们在走近它的时候，心中自然而然地就会升腾起无限的感慨，仿佛只有把自己的灵魂带来这里朝圣过，才不枉来世间一遭。我安静地用虔诚的眼神仰视着那一座座山峰，如同基督徒接受洗礼一般。

休息了片刻，我们又加入了攀登大军中，顺着山路不停地向上攀爬着。我不时抬起头来仰望前方的石阶，一段台阶爬完了，本以为可以有一个开阔地供我们休息，哪知刚转了一个弯，那台阶像随着我们的脚步不停在生长似的，我们爬多高，它就长多高。

终于脚下的台阶没了，山路变得平实起来，我们爬上了一个叫作光明顶的山头。站在光明顶上，我突然变得小心翼翼起来，面对四周的美景，竟然舍不得一下看完了它们。我像做贼一样扭转着身体快速地环顾一圈，匆匆一瞥后，深吸了口气，这才慢慢地深情地注视着那如梦如幻如画如诗的景色来。俯视群山，那一个个的山头在云海中若隐若现，如同大海中的一座座岛屿，让人恍惚步入了仙境。

站在光明顶上眺望莲花峰，那山峰在云雾中时隐时现，山腰上那些攀登者如蚂蚁一般大小，显然想要走到那离我们很远的山峰需要很长时间。我和我的同伴没有因为惧怕路途遥远而选择退却，征服一座山峰，其实是征服自己的过程，是一次人生的洗礼啊。我们沿着石阶，时而向上攀爬，时而俯冲直下，经过几个小时的努力我们终于从一个山头绕到另外一个山头。爬上百步云梯后，我们知道这条路通往黄山的最高峰——莲花峰。是怎么艰难地走上去的，我已经记不清楚了，只记得当时有一个信念在，决不退缩！就是这样的信念支撑着我们一路而上。越往高处，看到的山峰越多，越会让人知晓一山更比一山高的真正含义。

当我站在那只有方桌大小的山顶上，准备美美地一览众山小时，突然起风了，风吹来大片白云，白云扩散着，很快弥漫开来变成大雾笼罩了山头。我们身陷大雾里，不，应该是被白云覆盖了吧。美景突然间消失了，我只能看到离我很近的那几个同伴。但那一刻我的胸中却升腾起了山高我为峰的豪迈之情。一个人只要肯努力，一定可以战胜登山途中所遇到的一切困难。登上莲花峰的除了我们，还有一支五六个人组成的小分队。一路上相伴而行的游客，不知不觉中已经所剩无几了。莲花峰上安静得很，可能是游客稀少的原因，但我宁愿相信那是因为庄严而伟大的黄山让我们不得不肃然起敬。心潮澎湃的我，在黄山之巅哑然失言。

下山途中，我们遇到了好几拨绕道而行的游客，我为他们中途退却而深感遗憾，大声地呼唤着他们去征服那段最为艰难的路程。可是，我听到有人说，那条路太难走了，黄山上的景色大同小异，不看也罢。这时，我才明白山顶必定是寂寞的。登山大军中能够走到终点的人总是少数。突然意识到生活中为什么有很多人让我们感觉不可理喻，他们不正如那些站在山腰上的人吗？他们竟认为他们和我们看到的风景是一样的。要知道，站的高度不一样，看到的风景必定不同啊！

　　登黄山途中，我还看到一位老人手拄拐杖，在她儿子的搀扶下，一步一步地艰难地前行着。这位老人在登山大军中非常醒目，她大概有八十岁了，银白的头发梳理得非常整齐，没有一丝凌乱，饱经风霜的脸上刻满了岁月的痕迹，背有些驼，身体因为发福而显出龙钟的老态，但深陷在眼窝里的那深褐色的眼眸，却透着坚毅，这眼神是那么的熟悉。一路上，不管是年轻的还是年老的，人们对大山特有的崇敬眼神随处可见。攀登黄山已经成了我们的信仰，人生必须完成的任务之一。攀登黄山是一种使命，是我们的生命在召唤！

乌镇寻梦

　　从没停止过对乌镇的喜爱，虽然我一直没有走近过它。然而它却始终在我的心里，仿佛情人一样，让我一刻不停地对它思念着，时刻做着奔赴它的准备。

　　烟雨蒙蒙的午后我走进了乌镇，当丢下行装跨进西栅时，感觉时间一下子慢了下来，甚至还不停倒退着，拉着我一点一点地走回到一段熟悉而又温暖的时光中。

　　乌镇依傍着京杭大运河，古镇内河道纵横，构成了东、西、南、北四条主要街区。古时，小小的乌镇竟由江浙两省的湖州、嘉兴、苏州三府管治，结果造成了"三个和尚没水吃"的局面，一时盗匪猖獗。乌镇人为了保护小镇的安宁，便在四条街区的入口处筑起了特别的城门——水栅。四条老街因此被当地人称为东栅、西栅、南栅与北栅。

　　如今，古镇只对游人开放了东栅与西栅两个景点。为了更好地了解它，我没有跟随旅游团设定的路线行走，而是信马由缰地散漫地走进了古镇，心里暗暗有一种期待，在这里，我应该能寻觅到一些什么，是什么呢？或许是一些深藏在记忆深处的影像，或许是某个人曾经在此留下的脚印，或许就只为寻觅一种情调而来，以安抚心灵深处的一种渴望吧。

　　西栅的桥很多，据说有 70 多座。微雨中，遥看那一座座石桥，仿佛是淡墨描绘出的瘦眉，静波流韵，令人神往。西栅其实是一座复制的新古镇，然而西栅的仿古建筑和古桥，都是从周边地区移置而来，基本上看不到新砌的建筑。这样的翻修保留了明清时的风貌，也就没了拆旧做旧后如同整容后镶嵌着的满口金牙，俗不可耐了。

古老的西栅因为翻修而充满了活力，桥脚下的茶馆里坐满了人，然而喝茶的游客很少，大多是本地的老人。他们有时一坐就是一天，我好奇于他们日复一日地重复着日子。了解后才知道，他们的乐趣非常简单，看看如织的游人，听听相同的戏文，哪怕是空气中的各色花香都能令其愉悦，任时光在生命中刻下一道道年轮。满足于一种简单的幸福，这就是乌镇人的生活。在乌镇就应该这样过日子。古镇人的生活是沁着水痕的，湿湿的，润润的。

无端地，我想起了家乡的八字桥，想起了原本也如乌镇一般的家乡。如今，我居住的城市已经不再是记忆中的模样了，林立的高楼随着时间的推移像甘蔗一样一层一层地"长"高，道路也随着城市的"长大"而变得宽阔起来。然而，我一直有一种感觉，记忆中那小小的简陋的城市还在，它一定隐藏在某一个角落，冷不丁地会冒出来。

记得儿时对吊在房梁上的滑轮满是好奇。爷爷说那是个好东西，过去从船上购买了蔬菜瓜果，甚至是瓷器、桌椅，用它就可以不费力气地拉回家了。我始终想象不出为什么要从船上购买物品，还需要滑轮做辅助工具。来到乌镇后才知道，临河而居的人们，打开窗户便可以在叫卖的货船上购买到生活所需，竹竿的一头吊着竹篮，交易便在一提一拉间完成了。我想，古时候，那河道是热闹的，它才是乌镇真正的市井大街啊。

穿行在西栅的大街小巷中，我时常在想，其实每个人的内心深处，都有一处或几处如乌镇这样的归宿之地，或在深巷中，或在摆渡的码头边、水畔的石条凳上，抑或那推开的雕花木窗都能熨帖我们的心灵。因为童年的快乐都与这里相关，因为青春的萌动都与那熟悉的青砖、路边的苔痕以及高大的古树相关。

按着景区内的地图走完整个西栅，夜，已悄然而至。顺着来路再次游走，我并无一丝厌倦，反倒游兴更浓了，只怕那一座桥、一湾水、一副对联、一家茶馆都再也难以忘怀。

清晨，进入东栅景区后，突然就想起了木心说的那句话："你再不来，我就要下雪了。"让我顿时明白不是我思念乌镇，而是乌镇一直想念着我。

或许是因为东栅比西栅更为古朴，少了商业气息而更富生活味道的缘故，我一下子就喜欢上了它。无论是似蒙了尘的廊桥抑或是那斑驳的墙面，都会让我有亲切之感。浓郁的文化气息裹挟而来，让我变得更加迫切。

乌镇是一座文脉兴盛的小镇。

我从书中了解到，这里自古人文荟萃，学子辈出，从一千多年前中国最早的诗文总集编选者梁昭明太子，到中国最早的镇志编撰者沈平、著名的理学家张杨园、藏书家鲍廷博，晚清翰林严辰、夏同善。小小的乌镇自宋至清，千年时间内竟出贡生、举人、进士四百多人。近、现代更有若干大家，而这其中最著名的恐怕当数文学家茅盾了。

提到茅盾，乌镇人无不为之骄傲，无论如何都要热情地向游客介绍那座坐落在东栅西头的建筑。船工没等船停稳便指点着我们如何去参观了。茅盾故居前后两进，中间有一狭长的小天井。这是一座上下两层砖木结构的清代普通民居，是茅盾出生与早年生活的地方。

挤在若干游人中闲逛了一圈出来，我并没有急着去寻找茅盾笔下的林家铺子，而是踩着青石板铺就的大街一路向东，去寻找那个让我魂牵梦萦的木心以及木心的老家。然而知道木心的人并不多，一路询问，只有穿着制服的景区服务人员指点对了方向。

"从前的日色变得慢，车、马、邮件都慢，一生只够爱一个人。"木心只记得过去的乌镇，那是因为他在乌镇居住的日子并不长，在外漂泊了五十年，回到乌镇时，那颓败的老屋，让木心倍感落寞。"原本正门开在高墙之下……现实的矮墙居中有两扇板门……墙壁全已圮毁……污秽而积雪的天井……长窗的上部蚀成了铁锈般的污红，下部被霉苔浸腐为烛绿，这样的凄红惨绿是地狱的色相……"

走到木心故居门口时，我站住了，这里显然被修缮过，再也没有木心从海外归来时所见到的残垣断瓦。如今，故居被修建成了木心博物馆。博物馆的工作人员询问前来参观的我有没有预约。正当我为自己贸然到访而局促不安时，那个小姑娘又问：你了解木心先生吗？我连忙说：我知道啊，木心家境优渥，从小受过良好的教育，14岁起开始文学创作，写了一百多篇短篇小说。然而"文化大革命"时因言获罪，所写作品均被查抄散失。他在狱中待了12年……没等我继续说下去，小姑娘已经微笑着请我入内参观了。

木心故居内除了我与女儿外并无其他游客，这与热闹的茅盾故居形成了极大的反差。在寂静的故居内，我突然对那个站在门口执意问问题的小姑娘倍生好感。不了解木心先生的人，即便跨进了门槛，那也只是匆匆来去，并不会带走一丝收获，他们甚至会为简朴的布展而失望。

"静时希望人来，人来又烦。"想起木心的这句话，我放轻了脚步，生怕打扰了先生。一步步走进去，一步步走近了木心，走进最后一间庭院，看着墙上挂着的文明杖，还有他使用过的烟灰缸，感觉木心并没有离世，他一定在家中的某个地方待着，正安静地看着我以及今日的到访者。

我用目光一次次地抚摸着静静站立在书柜里的著作，木心先生的文字跳跃在眼前。这时我想起了陈丹青说过的那句话："当我们打开木心先生的书，很可能不是我们阅读木心，而是他在阅读我们。"

　　从木心故居出来，我发现街上的游客依旧很多，但他们却对这个博物馆没有多大兴趣。或许是因为乌镇人深谙先生的秉性，而故意不向游客介绍，生怕打扰到木心先生？

　　我不知道。

　　离开乌镇时天依旧阴沉沉的，时不时飘起蒙蒙细雨，古镇满含着湿湿的雨雾，模模糊糊，然而烟雨蒙蒙的古镇却在我的记忆中打上了水色亮丽的烙印……

晋祠寻宗

"邑姜是姜太公的女儿，周武王姬发的妻子，周成王、唐叔虞的生母……"父亲一边说着，一边带着我们朝晋祠的大门走去。

都说到太原如果不去晋祠，那就如同外国人到北京未去游览紫禁城。这次与父母的山西之行的第一站理所当然是晋祠。据记载，晋祠最早建于周朝后期，也有人认为始建于北魏。

入了晋祠的大门，一座似殿似阁又似庙宇的建筑撞入眼帘。这似曾相识的建筑是个戏台，名曰"水镜台"。我愣愣地绕着水镜台走了一圈，感觉在哪里见过它。正当我疑惑间，忽听一小孩说："孙悟空。"可不是吗，八七版的电视剧《西游记》中，悟空斗不过二郎神，不就是变成了眼前的这座建筑吗？水镜台虽不算大，却暗藏玄机，在戏台两侧的地下埋有八口大瓮，台上人的唱腔通过这瓮的传播，可直抵几十米之外的圣母殿。这独具匠心的设计，是否为现代音响的雏形？

绕过水镜台，经会仙桥、金人台、对越坊，我们来到了四周无壁、只有直棂栅栏的献殿。献殿在鱼沼飞梁前，与圣母殿隔池相对。这座大殿是祭祀圣母、供献礼品的场所。

"看到前面的那座桥了吗？"顺着父亲手指的方向，我看到一座十字形的石桥。那石桥很有些现代感，似微型的立交桥一般。"此桥在古画中偶见，实物则仅此孤例。"梁思成先生经考证后对此桥的评价，让我不禁对它产生了极大的好奇。世间仅有的桥，自有它独到之处。桥下有一方形鱼池，古人以圆形为池，方形为沼，这"鱼沼"一词可以理解，"飞梁"如何解释？父亲见我疑惑，忙把我喊到桥下，这时我才真正看明白这座桥的玄妙。鱼沼内有很多八角形的石柱，柱顶上竟然架起了斗拱与横梁，这分明是房屋的营造手法啊，原来"梁"在此处。

"周成王姬诵即位后，与弟弟叔虞亲密无间，一日玩耍时姬诵随手捡起一片落在地上的桐叶，把它剪成玉圭状，送给了叔虞，并且对他说：这个玉圭封给你。史佚发现山西在地图上正如剪后的桐叶一般，便去问周成王，成王说是戏言。哪知史佚说：'天子无戏言。'于是遂封叔虞于唐。这唐国的国都便是山西太原。晋祠原叫唐叔虞祠，就是为了纪念开国的唐叔虞而建。"父亲说着，带着我们离开了中轴线上最大的建筑圣母殿，往北而去。

在唐叔虞祠堂前父亲告诉我，周成王把山西封给了他的弟弟，多年后，他的长子被立为太子，周成王便封他的幼子姬臻为卿，赏赐单邑。父亲这么一说，我突然想起了"单"姓的由来。单邑是京城附近的侯国，用以拱卫京师。其后人便以国为氏，因姬臻首封于单，其子孙都以"单"为姓，故后世单姓大多尊其为始祖。

"圣母邑姜是姬臻的祖母……那她岂不就是我们单姓的祖先吗？"

父亲笑了："走，我们祭拜圣母去！"我忙加快了步伐转身返回圣母殿。

圣母殿中，圣母坐像居正中位置，凤冠蟒袍，端庄而气派。因为圣母是周武王的皇后，因而大殿里的布置便与宫中的情形相同。圣母的周围有众多女官、侍女环绕。那些塑像尺寸与真人相仿，且神态、姿势各不相同，猛然一见，仿佛撞入了宫中，耳边似乎能听到圣母与那些宫女的对话。我双手合十，心中默默祷告着，久久不舍离去。

从圣母殿出来，我才注意到晋祠中有很多古树。最让人叹为观止的是生长在大殿左侧的两棵龙柏，其中一棵不知何时开始倾斜，与地面形成了45度夹角。龙柏上树皮斑驳，筋骨尽露，树顶向下勾曲，如巨龙俯冲向大地。这棵被称为卧龙柏的古树，据说是西周时所植，建晋祠前早已存在，距今已近三千年了。在卧龙柏旁有一株正值壮年的柏树，巍然托举着俯冲而下龙柏，好像给古树以依托，似儿子给老母以依靠。晋祠中的那座明代建筑"对越"坊，不知是否因此古树而得名。"对越"出自《诗经·周颂·清庙》中的"对越在天"一句。"对"为报答，"越"为显扬，意为"报答宣扬祖先功德"，在此处应该为"宣扬母德高尚"。

圣母殿前有八根木柱，木柱上雕有盘龙。古人对阴阳之数甚为考究，女人属阴，建造圣母殿用了阴数中最大之"八"。这八条龙的身体极细，尾部还未演化成鱼尾，完全还是蛇尾尖细的模样。头上亦无鹿角，嘴巴很长，那咧开的大嘴，分明就是凶猛的鳄鱼欲吞噬猎物一般。这些木雕盘龙与我印象中的盘龙完全不同，它们个个张牙舞爪，怒目圆睁，虽已历经千年，但龙鳞、须髯依旧清晰可辨，盘旋在木柱之上。龙头昂扬出柱外，好像利爪一蹬，便能腾空而起。我认为这才是龙该有的姿态，因为它们身上所显示出的气势有一种独霸苍穹之态。

数千年来，龙从未离开过我们。自七千年前的新石器时代起，龙，这一神物，几乎贯穿了中华民族漫长而复杂的文化发展历程。关于它的起源，《龙文化与民族精神》一书中，专家通过文物中的图形判断，龙与鳄类爬行动物密不可分。中国的象形文字要求名实相符。龙字有三大系列，其中"单"便是因鳄而演变。在甲骨文中，"单"是龙的俯视图，为"龙"的异写。周成王的儿子是龙子，封地之名必与龙相关。看着眼前这未被后人过度修饰的木雕盘龙，我顿觉热血沸腾。龙是中国原始社会形成的一种图腾崇拜的标志，图腾是一个民族的保护神，我想，它应该和这些如鳄如蛇透着原始野性的盘龙一样，尽显凶猛。

　　我一直认为旅游就是一次次寻找的过程，或为寻找地方的差异，或为寻找历史遗留的文明，或为寻找心灵的愉悦……这次晋祠之行，无意间，我竟然寻宗问祖，祭拜了单姓始祖的祖母——邑姜，这让我异常兴奋。这是我来晋祠前未曾预料的。有如此收获，便不虚此行了。

　　夕阳西下的时候我们告别了晋祠。走了很远，回望这群古老的建筑，突然发现夕阳从葱郁的树木间投下一道道光束，仿佛圣母在天庭投下的目光。

枯守一座城

深夜两点，我只看到路上的街灯，秀美的山峰隐藏在黑色中，我看不见它们，而它们却一直盯着我。出租车把我载到市中心的一家旅馆后，便呼啸而去。

窗外的景色被夜阴郁的黑脸逼退了，我只在窗户的右上角看到一只蜘蛛静静地趴在网上，窃听我的心声。

桂林，你将如何迎接我的到来？

我知道这里有浩瀚苍翠的原始森林，有雄奇险峻的峰峦、幽谷，有激流奔腾的溪泉瀑布……可是，这一次我却只想在城市中走走。

地图上的桂林城并不大，一条中山路挑起了一座古城。然而当我用脚步去丈量这片土地的时候，才知道这里虽然古老，却早已不是用脚步就可以生活的地方了。可我却执意想在这座城市中留下脚印，哪怕一天只走半条马路。

从旅馆出门，有一条算不上宽阔的大街，大街的拐角处坐着一位算命先生，一张矮桌上铺着一块黄色的布，上面摆放着签筒与铜钱。那算命先生跷着二郎腿坐在一把竹椅上，手里卷着一本书，高举在眼前，仿佛钓鱼的姜太公一样安然。他养的那只狗浑身漆黑，始终趴在他的脚边，耷拉着眼皮。我静立在街的对面，擦肩而去的行人们既没有看算命先生，也没有理会我，我好似街头的一尊雕塑抑或一棵并不起眼的小树。

我恍惚起来，为什么我要穿过大半个中国，义无反顾地进入到这个城市？难道就因为它有甲天下的山水吗？然而我并不属于这个城市，这个城市也不属于我。

拐进卖米线的店铺，点了一碗米线，三块钱就解决了早餐。突然，我很想把兴化的早茶介绍给这座城市里的人。假如，我在此租一个店铺，经营小吃，那么我是不是就可以停留在这座城市中，不再需要为了寻找不到一个枯守一座城的理由而苦恼了？

我在中山路上行走。我知道，我并不一定非走这条路不可。我可以喊一辆电动三轮车，或者坐上公交、打个出租车都行，但我却固执地以步行的方式来完成我对这座城市的了解。行走在中山路上的我显得有些突兀。其实一个人在一个城市的出现原本就是突兀的，并没有潜在的必然。我忽略了很多可以远离中山路的选择。我在想，我的命运里一定有一只手，在我熟睡的时候，直接把我抱到了这条路上。要不，怎么这里有很多陌生的地方却都在我的梦中出现过呢？那只手已经拉扯了我好几年了，某一天、某一个时刻，我就像梦游一般沿着梦里的那条铁路，进入到了这个城市，进入了中山路。

我明显找不到在中山路上行走的理由。但是，我想和这座城市交上朋友。

菜市场的出现，让我有一丝兴奋。想真正亲近一座城，莫过于和它的市民一起，提着菜篮子溜达进菜市场。在那里我可以听到最地道的方言，可以知道这座城市中的物产，我甚至可以观察蔬菜是否被清洗、拣择过，而推断出这个城市的生活节奏，他们是忙碌的还是闲适的，他们待客是否热情，我都可以在讨价还价的过程中有所了解。能够保留住当地人文基因的，就是最具烟火气的市井菜场啊！

当我从中山路走到叠彩路，坐到叠彩山公园的大门口时，我的脚掌磨出了血泡，衣服已被汗水浸湿，满脸尘垢。我累了，突然希望得到安慰，却发现，在这个陌生的城市中，无论我走到哪里始终都是我一个人。

行走在回旅馆的路上已是黄昏，城市中的黄昏是看不见霞光的余韵的，若想寻找水墨画般的意境，我应该留在叠彩山公园里。然而，我仿佛并不是来欣赏桂林山水的，我只想亲近这座城。没有黄昏的城市，直接进入了黑夜。路灯的光把时间等分成白天与黑夜。

大街拐角处的算命先生还在，他枯坐在昏黄的路灯下，茫然地看着大街。我走到他的摊前，没等我开口，他便摸着黑色大狗的头，滔滔不绝地说："如果你不给自己烦恼，别人也永远不可能给你烦恼……因为你自己的内心，你放不下……今日的执着，会造成明日的后悔……"

我诧异地呆立在路边，仿佛一尊雕塑。

第二天清晨，我决定继续在这座城市里行走，推开窗户，眺望远方的天空，我只看到白茫茫的雾。

大漠中的落日

"大漠孤烟直，长河落日圆。"这两句诗我一直是半懂不懂的。对遥远边塞的向往，我想与这两句诗不无关系，希望有朝一日可以一见大漠的孤烟与长河落日。

去敦煌的路上，多年的夙愿竟然在奔驰的汽车上得以实现了。

汽车前行的方向正好向西，漫天绚烂的云霞燃烧在汽车正前方的天际。通过车窗眺望，缓慢移动的云彩不断变幻着形状。但有一片白云始终以不变的姿态追随着我们的汽车，那片云被风切割成了两块，一块被拉得纤长，似嫦娥正翩翩起舞……"快看，飞天！"同伴的叫声让我恍然大悟，前往敦煌的路上怎么会少得了飞天前来欢迎我们的到来呢。另一片云更为奇特，不管从哪个角度看，它都如一条巨龙向着东方蜿蜒挺进。

西边的天际有橙黄色的光柱透过云层，射向大地，犹如天幕拉开，黄昏登场了，大漠的天空是它的舞台，一幕幕大戏交替上演着，始终不肯让夜过早地拉上帷幕。

云霞不停地变幻着形态，色彩的变化更是让人震撼。有时它们着一身玫红，像一位羞涩的少女，在天空中漫步；有时又化作一匹金色的骏马，奔腾向远方。我极力眺望着，恨不得揭开车顶，站立在车外一饱眼福。我始终在寻找太阳，想大声呼唤躲在云层背后的太阳快些出来。

七点了，若不是在大漠，这时的黄昏早就该向我们致礼谢幕。我突然有些担心，担心大漠的黄昏也会如城市中的一样，只消一会儿便落入夜的怀抱。但从车窗外依然明亮的光线判断，落日这场大戏还没有那么快上演呢。大漠漫长的日照时间需要我们有足够的耐心，才能领略到它的壮美。

汽车在一望无际的公路上行驶，路的两边是茫茫无边的戈壁滩，没有树木，更没有人烟。盯着戈壁滩看久了，有时会感觉有动物从枯萎的草丛里一闪而过。当我再想探个究竟时，一切又已恢复了平静。苍茫无际的戈壁滩上，褐色的沙砾散发着无止无境的寂寞……

我把目光再次投向天际，西边的云彩突然变得亮晃晃的，所有的云都被镶上了一道金边。当金灿灿的云彩向西移动时，头顶上跟随汽车奔跑的"飞天"却渐渐褪去了彩裙，着一身墨黑，仿佛被画家呼唤，跃入宣纸，永留在画中一般。大地也逐渐昏暗下来，褐色的沙砾越发寂寞了，阳光下的温暖以及那一抹金黄只能存留在记忆中。

尽管我想给戈壁滩一些安慰，但这时我的眼睛却一刻都不愿离开西边的天际，因为我知道，落日即将来临。

果然，镶嵌着金边的云层逐渐扩散开来，与地平线连接的天际微微泛白。突然，从云层的下方掉下一个硕大的红色火球。车上的游客们几乎全部站了起来，伸长了脖子争相眺望。

"慢点，慢点开！"我多么希望此时司机能够停下汽车，让我们站在戈壁滩上尽享落日之美啊。可是，或许司机早已看惯了大漠的落日，他依旧踩着油门一路向西，就像夸父一样追赶着太阳。

这是我见过的最大的夕阳，虽然它不是衔在长河上，而是浮在地平线上，但我已经因为能够见到如此巨大的圆日而了无遗憾了。

太阳收敛了一天的热情，光芒不再那么刺眼，微醺的面庞显得异常妩媚。它慢慢下落，刚把半个身体落到地平线之下，突然又在半空高悬，再忽地整个不见了。整个落日的过程大概持续了半个钟头。当落日沉没后，留在天际的霞光，再无先前的绚丽。当晚霞消失之后，天空便成了铅灰色，而且一时比一时更深黯。茫茫戈壁滩沉浸在一片暮色中，犹如水墨画。

我长吁了口气，把身体埋进座椅中。我感觉汽车的速度比刚才更快了，好像它也舍不得太阳的离去。再过不久我们将到达敦煌市，不知今夜，我的灵魂能否跟随那颗夕阳，安睡在大漠边上？

涤荡心灵的海天佛国

　　我不信佛，曾对一位信佛的老人说过这样的话：坏事做多的人才会烧香拜佛，怕下地狱的人才会到庙里求菩萨。暑假去普陀山游玩，同伴说要带些香到那座仙山上去供奉。我不想扫了大家的兴致，忍着，没有说出那番怪话来。

　　普陀山其实是一个小岛。从海边眺望，这样一座小岛实在称不上是座山，和那五岳比起来只能算是一片土丘吧。我不明白，就是这么一个突出于海面的小山头，何以被称为佛教名山了呢？进入普陀山必须要经过一条宽阔的水道，我们登上被海水洗涤得不染纤尘的海轮踏上了岛屿。

　　普济寺是供奉观音大士的主刹，寺区内五步一殿，十步一阁。到普陀山游玩必定要去普济寺游览。香火缭绕的寺庙中，虔诚的香客们手上捧着点燃的香火走路缓慢，而我却像一个匆忙赶路的人。我跻身在他们中间感觉浑身冒汗，不知是天气太过炎热还是香火的烟雾使得空气稀薄，反正我无心逗留，只想快些找到出口，快些离开这个喧嚣嘈杂的地方。我坐在树荫下等待同伴，等了很久才盼到他们出来。他们没有像我一样烦躁，他们的淡然、隐忍和虔诚，让我惭愧。或许是因为我心中没有佛吧，那庄严清静的寺庙自然不能容忍我这等浮躁的俗人，在寺庙里粗鲁无礼地穿梭，而早早地赶着我出了山门。

　　岛上的游客很多，大多显得很从容，他们手上或多或少地拿着几炷香，脸上的表情庄重，目不斜视地盯着登山的台阶，一步一步地朝着心中的圣地而去。我们跟着一拨拨的登山人沿坡而上，穿过紫竹林，阵阵海潮声传来，海风吹散了燥热，这时我的心情才舒畅起来。转过一个路口以后便可以站在高处眺望大海了。波光粼粼的海面上散落着大大小小的岛屿，那些岛屿有些平坦地横卧着，有些峭立于海水之上。岛上只有些石头和杂草，看起来很荒凉，这样的岛屿估计没有什么可观瞻的。就在我准备继续登山时，忽然听到身后有一个导游说："看，那是一尊睡佛。"我顺着导游的手指，果然看到海面上有三个大小不等的岛屿，似一尊躺在海上的佛。头、身躯和双腿清晰可辨，倒还真有些像呢。我淡淡一笑，难道心中有佛的人看什么都像佛？

登山途中，同伴一直在讲求仙的故事、成佛的传说。我只听着不敢搭腔，生怕说出一些大不敬的话来惹人厌恶。顺着坡道一路上行，不知不觉中我们来到了南海观音像景区。很多香客从家乡特地背去的一捆捆的香，被工作人员劝放在景区大门口的一个大箱子里。为保护岛上的环境，管理人员规定每人只可带三炷香进入。我乐得轻松，放下包袱只取出三支香进入了大门。景区里的游客很多，导游们手拿扩音器边走边讲解。有个导游指着路面说：脚踏莲花，步步高。这时我才发现，景区的地面上每隔三步就有一块雕有荷花的青石板，每个青石板上的荷花图案都不相同。我们几个连忙走到中间去，踩着"莲花"一路向上，大家都盼着日后步步高升呢。

站立在观音像下，仰视这尊菩萨，我看见她那低垂的双眼仿佛正和我对视，瞬间，心好像一下子静了下来，我不由得双手合十久久地凝视着她。同伴说，观音菩萨有求必应很灵的，赶紧祷告。可是，我很奇怪，为什么在面对菩萨的那一刻，我却不知道自己该求些什么，心里空无一物没有任何想法。难道说观音菩萨知道我不懂规矩，而断了我求佛的念头，把我列为不可教化之徒了?!

罢罢罢，走吧，这座仙山是属于翻越千山万水前来朝圣的香客的，我这类游人，如何能读懂它的深奥，如何能理解它的博大？走吧，回到我那凡俗的世界去。正当我逐级而下侧身避让一个游客时，一位身穿黑色长袍、头发花白的中年女人闯入了我的视线。她走得很慢，每上三个台阶，都会跪下磕一个头。我放慢了脚步，好奇地看着她。她脸色蜡黄，没有一丝血色，眼神很特别，盯着前方似看非看，我分明在她的眼神里看到了一个"空"字。她的眼睛是看不到如织的游人的，她的眼睛长在心上，她是跟着心在走。我突然很想弄明白她信佛的目的，如她这般年纪，求菩萨保佑什么呢？保佑她长寿？保佑子女平安？还是因为自己做的坏事太多，来求菩萨宽恕的？和她擦肩而过的一瞬间，我的眼眶热了，鼻子泛酸，不知道为什么一滴泪猝不及防地掉落下来，幸好有墨镜遮着，才不至于被同伴们看见。为什么会流泪？是因为可怜她为了信仰不辞劳苦而跋山涉水？还是因为被她的虔诚感动？是的，我被她感动了，即使她是真的做了坏事来求菩萨宽恕的，那么她这种敢于面对错误的精神，难道不值得我敬畏吗？菩萨"灵"或不"灵"都是次要的，拜佛其实是心在起作用，是自己在完成对自己的救赎。我们祈祷平安，祈祷实现一切美好的愿望，心向善、向仁、向爱、向慈悲，这是菩萨的教诲吗？我们的心中应该都有一尊佛吧。

走下台阶，回头张望，那个黑色的身影还在起伏着，一路膜拜，她正朝着观音而去，朝着她的信仰而去。

此时，我对所有信佛之人心生敬畏!

回航的轮船上播放着介绍普陀山的录像，我这才知道，进入普陀山的这段宽阔水道叫作莲花洋。它是接近圣灵之地的一段华丽铺设，好像特意而为，专为洗净人的心灵而存在，让你干干净净地上岸，清清洁洁登山。透过轮船的窗户回头，我看见普陀山不再是一个小小的山丘，它像一艘船，一艘屹立在茫茫苦海之上的大船，普度着众生。

我对普陀山心生敬畏！

一个叫作徐马荒的地方

　　九月里，一只白鹭低飞在空中，我们跟着它走进了一个叫作徐马荒的地方。

　　高大的水杉一股脑儿直直地刺向天空，一个个鸟巢别在树梢上，如同小姑娘头上别着的漂亮发卡。鸟巢中的主人聚集在河面漂浮的水草之上，仿佛正在开会，商讨着如何与人类和平共处之大事。带我们走进徐马荒的白鹭飞进了会议鸟群中，低语了几句。白鹭们齐刷刷地扭转它们的长颈看向我们，只一会儿工夫便直冲而起，扑棱着翅膀，跟着领头的白鹭在水面上划出一道迷人的弧线，优雅地飞入各自的家中。我们被白鹭的舞姿倾倒，不自觉地跟着它们跑出去很远。

　　徐马荒确实够荒凉的，这儿没有任何现代化的设施，时间在这里只是白天与黑夜的记录，与年代无关，更与朝代的更替无关。路边的树木或许是几十年前的住户所植，或许曾经也有人在这里规划过，希望能把荒地变为桑田。但具体为什么放弃了，我们不得而知。但正是因为被放弃、被遗忘，才得以让芦苇疯长，让这儿成为鸟的天堂。都说湿地是地球之肾，那么兴化便因为这片湿地而有了生命的活力。

　　初秋的芦苇依旧保持着青翠，旺盛地生长着，它带着满身的侠气，浩浩荡荡地霸占了整个水面，成了这片荒凉之地的君王，所有的野草全都臣服在它的脚下。它不仅管辖了水面之下的鱼虾，那些前来觅食的水鸟、野鸡也都已被它据为己有。若想捡拾几粒鸟蛋，不得到它的许可让出一条道来，那是绝不可能的事。

　　一条被踩得结结实实的泥土路把芦苇荡与一片开阔的河面隔开了。虽然从小生活在水乡，但对于水，我却一直没有生厌过。无论是大海抑或湖泊，哪怕是一条小溪或者一个小小的池塘，都能让我心生出绵长的情怀。虽然没有与同伴泛舟于水面之上，但我却能切实地感受到，在河中央的她们早已把心交给了那一片水，任由河中荡漾的清波与河岸上吹来的风儿洗涤抚摸。我看到她们在离开小船时的不舍，或许她们也说不清楚是怎样一种情愫缠绕着她们，使得一再地流连、依依不舍。

　　一群人三三两两地走在坑坑洼洼的泥土路上，因为热爱写作，大多数的人在观看四周景物时或多或少地进入了无我之境。我热爱这样的感觉，孤寂、自由可以莫名地感伤，亦可以怀揣温存，享受陌生环境所带来的特有的情怀。一直以来我都喜欢独自一个人旅行，即使置身于热闹繁华的处所，耳边听到也都是与我无关的声音。我不需要去细听那声音里所传达出的语言，更不需要去应付，一种愉快的自由感会油然而生。哪怕走过的是一片废墟，我都会因为可以自由思想而激动。游玩，有时候在乎的并不是景物的优美与否，而在于心绪是否欢畅。

　　树被夕阳染成了金色，落在地上的树影仿佛是开在大地之上的一朵朵墨色的花。空气中有初秋的味道，淡淡的草香、水下菱角的鲜香，甚至我还闻到阵阵桂树的香味，我知道那香味是从我心底传出的。因为我听到了心里桂花盛开的声音，满心欢喜。

　　一个寂寞的地方，因为有了人群而鲜活起来，因为鲜活起来了，便会名声远扬。有了名声，便有了若干关于它的故事。因为这些故事，让人惦念，惦念久了，这个原本寂寞的地方将永远不会消失。徐马荒正是这样一个地方。

游板桥竹石园

我又坐在了河边的长廊里，看残阳如血。身边时常有船驶过，激起了层层白浪，拍打着河岸，涛声不绝。

一个人游玩才能找到点诗样的感觉，我就这么静静地坐着，放眼远眺，寻找着心灵的栖息地。

来板桥竹石园已经好几次了，不是陪着孩子，就是三两个好友结伴同行。总是匆匆而过，从没来得及如今天这般细细品味。

板桥竹石园依水而建，英武大桥向西走不多远就可以逐级而下踏入公园了。公园内有一巨石，上面用板桥体书写着园名，这石虽没有米芾笔下太湖石的瘦、漏、透、皱，却是郑板桥先生的所爱，有石如笋之韵。沿曲径南行，路边有瘦竹千竿，分品种逐一罗列，或伟岸凌空，或低矮匍匐；或细如棒针，或叶大如帛；或色彩斑斓，或清雅秀丽……走走停停，数十种竹子的名称与模样已了然于心。

沿着石子路慢行，只见公园北侧有一云墙隔开了空间，寻着小门跨入，但见一面白墙阻挡了小园内的风景，不禁暗叹造园者的用心。这一抑，使景物暂时出现了空白，观景之心变得急迫起来，犹如拉箭在弦。转过白墙，映入眼帘的一方天井中，有石、有池，池子不大，里面却有若干的红鲤鱼在嬉戏。天井一角栽种着若干瘦竹，风一吹发出沙沙的声响，如诉如泣，如歌如吟。精致的厅堂内，太师椅、八仙桌、字画、摆设，无不显示出古朴与雅致。这别有洞天的景色，让刚刚回抑的心灵顿掀狂澜，好似手松箭发，让人回味无穷。

藏，方有涵韵，才有供人咀嚼的余地！

远处，在一片竹林的那一边，依稀可见一亭。我驻足在路边不想靠近，就这么远远地看着，如赏画一般。远之妙在乍有乍无中，那可望而不可即的远景，才会让人心生出几许"寂寞无可奈何之想"。

远，方有美！

步移景改，径越走越曲。曲径的两边竹林一片接着一片，每一片竹林的前面都摆放着一些形状怪异的石头，那些石头的堆放看似漫不经心，但当你退后一步，眯起眼睛时，会惊异地发现面前的这一幅幅画面是那么的熟悉，这不正是郑板桥先生的画作吗？我在竹林中，瘦竹在风中，风声中似乎传来板桥先生的低吟："风中雨中有声，日中月中有影。诗中酒中有情，闲中闷中有伴。非唯我爱竹石，即竹石亦爱我也。"竹是郑板桥先生笔下的爱物。在他的画作中，竹石所占的比重相当大。此刻，竹叶簇拥着发出的瑟瑟声响让我迷醉，眼前的片片竹林慢慢虚化，恰如一幅幅水墨呈现在眼前……

竹石园，虽刚刚建成，恰似风度翩翩的美少年，清逸雅健；然而我觉得它更像一位睿智的老者，在给我讲述着光阴的故事，带着我走进了郑板桥先生的画作，去体悟他的心境。

漫步玄武湖

出差在外，往往有大把的时间可以挥霍，不必在意上班时间。午后想找一个地方散步，想起前一天晚上隐约见着的水面，我决定到那里去走走。

从马路的路牙上跨过一个台阶，只见一条弯曲的小路正绵延往前，我便迈开了步子，沿着河边的小路漫无目的地慢悠悠地朝前走着。

眼前的这片水面不算大，周边有高大的建筑物，被水泥森林包围着的水面应该是一个湖。湖中心有土丘，上面长有绿色的植物，远远看去，那土丘倒很像是一个袖珍的岛屿，如果加以想象，上面似乎可以信步，或可搭一个帐篷，暂避城市的喧嚣。一路走来，始终不见行人，想找个人搭讪问一下路，似乎都变成了一件奢侈的事。

我就这么漫无目的地走着，我以为我会在初夏的午后独享一段清静的时光。我以为脚下的路会一直与水同行，蜿蜒百里。哪知路越走越宽阔了，羊肠小道的尽头竟出现了一大片绿地，我疑惑自己是否进入了一个路边公园。正当我胡思乱想、环顾左右时，忽然湖面上有几艘小船划过，笑语声不绝于耳。此时，我并没有因为喧闹而沮丧，脚步反而因为这欢快的笑语而变得轻快起来。

管他是什么地方呢，对于一个外地人来说，发现一处景色，必定会带来愉悦，散步散出一份好心情便是收获。我继续往前，绿地上的亭子、长廊被我抛在身后。我是来消食的，我是来享受闲暇时光的，我是来寻找可以用脚步生活的地方的，何必在意身在何处呢？

路越走越精致，很多地方的景色也越来越熟悉，我恍惚在此游玩过。难道是梦中踏足过此地，还是如今公园的景色大同小异而让我分辨不清了？我离开河边，踏上草坪，看见路边有一个景点示意图，便走近了它一观究竟。

原来无意间我竟撞入了大名鼎鼎的玄武湖，难怪那湖似曾相识呢。过去来玄武湖是作为一名正经游客来的，必定要从正门进入。那座建立于清代宣统元年的玄武门雄伟壮丽，蔡元培先生所题写的"玄武门"三个大字更是给这座公园平添了不少文气。

玄武湖位于南京城中，是江南最大的城内公园。公园里有五块绿洲，五洲之间桥堤相通。若想步行游尽各洲，估计得花上三四个钟头。今天我没有非做不可的事，可以自由支配时间做自己感兴趣的事。我绕着湖面享受着清风，享受着大自然对人类的恩赐。环顾四周，水杉林中有很多席地而坐的游人，三三两两地聚在阴凉里聊天。美好的地方必定是让人感觉舒适的地方，可以安放心灵使心安逸的地方。

突然想到，我的城市里也有很多可以席地而坐享受大自然的好去处，但我却很少到那里去散步。米兰·昆德拉说过：生活在别处。对于每个人来讲，自己的此处便是他人的别处，是他人憧憬的地方。在他人的眼里你的此处很美，但我们自己却浑然不觉。

这些年，我仿佛没有在我的城市中如今天这般闲散过，每天好像都有做不完的事。德国作家约瑟夫·皮珀在《闲暇：文化的基础》中追问，"人的世界可否一直被工作的世界所压榨？人类可能单单只是为了工作义务而存在，只是扮演工作者角色就觉得满足吗？"他认为，人并非是为了工作而存在的，工作只是手段，闲暇才是目的。

没有闲暇，就没有文化。闲暇，是文化的根源和基础。闲暇是一种平静的状态，闲暇也是上帝给予人类最珍贵的"礼物"。有闲暇才能够思考，有了思考才会有文明、有创造力。只有忙碌而没有闲暇，人就会忘掉生命的根本，只是在使用着生命，却不能体会生活带给我们的美好，去领受幸福。

偷得浮生半日闲吧，放下无聊、琐碎、机械的日子充分享受闲暇，在他人认为美好而自己浑然不觉的美景中享受阳光，享受生活。有人说，当我们离自然越来越远时，我们心中的云层就会越来越厚。如果我们能够在繁忙的生活中拿出一点时间，去亲近大自然，那么我们的身心就会轻松自在很多，我们沉重的心灵就会像鸟儿一样轻盈地飞翔了。

闻着空气中荷花的清香，踩着阳光下自己的影子，我听到心里的花儿正在怒放的声音。我就这么一个人慢慢地走着，仰望天空，蓝天里有一朵白云冲着我微笑，我感觉一种简单的幸福正悄悄向我走来。

周庄的味道

习惯了慢生活的周庄人诗意地栖居在不大的古镇上，他们从容地过着日子。那里的人说："我们的早晨是从一碟生姜、一盘干丝和一块烧饼开始的。"

烧饼是用兴化自产的小麦加工成的白面制作而成，是兴化人最爱吃的一种早点。小麦是兴化最主要的农作物。早在几千年前，长江中下游地区就开始种植小麦了。

兴化人的主食虽不像北方人一样以面食为主，但爱吃烧饼却是远近闻名的。烧饼的制作方法看似简单，但想做得酥香还带有韧劲却不容易。周桃元的手艺是祖传的，在周庄镇上做烧饼已有七八个年头了。每当太阳西斜，镇上的麻石街被夕阳染成绛紫色时，周桃元便开始为第二天一早的生意忙碌起来。

烧饼酥与不酥，与发面有直接关系。初冬的气温还不算低，周桃元试着水温，用温开水和面，将前一天存留下的一小块老面头，撕扯成豆子般大小的面粒，掺和进去，反复按揉，直至面团光滑如肌肤时才用一块特有的棉被覆盖住。

周庄镇上有一座永丰桥，桥东住着的金殿阳此时也没有闲着。金殿阳既是老板又是师傅，他加工腌制出的生姜可谓一绝，在当地乃至淮扬地区都颇有名声。

生姜是中餐里最常用的基本配料，给人辛辣的舌尖体验。黄河流域与长江流域是中华文明的发源地，也是生姜的起源地。

兴化人并没有将生姜作为配料或者只用于调味，他们早已发现了它的药用与保健价值。"晚吃萝卜早吃姜，不用医生开药方。"如此寻常的食材却可以使人健康，何不好好利用做成可口美味的一道小菜呢？聪明的兴化人在新姜上市时，便开始挑选块头匀称且无虫害的生姜进行加工腌制。

兴化各地腌制生姜的方法不尽相同，口味自然也有差异。周庄的生姜不仅美味，而且制作方法已然成了视觉的盛宴。

西餐的厨师，每个动作都有相应的刀具，而中餐的厨师手中却只有一把刀。周庄人把腌制好的整块生姜放在砧板上，右手握刀，左手稳住生姜，经过近百次的切割，薄如纸片的生姜便以华丽的姿态登场了。金殿阳师傅善于用刀，与众不同的是，他切生姜只用刀而不用砧板。左手的食指与大拇指配合，把生姜牢牢钳住，一把大菜刀握在右手上，先轻轻在生姜上横划出三五个刀口，此时生姜并没有被切断。接着金师傅深吸一口气，右手紧贴着左手快速挥舞起来，刀下顿时飞舞起如花瓣一般的生姜片，姜片落到盛着水的容器中，打着旋儿缓缓沉入水底，如曼妙的舞娘，惊若天仙。取一片透明的生姜片在手中，你会发现，姜片形如梳状，那之前在生姜上划开的刀口，原来竟因此而为之，片片生姜犹如佛手。

当第一缕阳光从卤汀河面上升起时，兴化的周庄镇便开始温暖起来。镇中心小学附近的后街上，一家小饭馆中的老板娘早已备好了早市所需的各种小菜、茶点。

浸泡了一夜的生姜片被老板娘捞起，团在手心，用力挤去水分后放入盘中，注入开水烫洗，再次挤干后，便可以淋上麻油与糖一起搅拌，搅拌均匀后便可端上食客们的餐桌了。此时的生姜早已去除了辛辣味，吃到嘴里，爽嫩鲜甜，略有咸味。周庄人吃早茶没有哪一桌会放过这道美食的。

做烧饼的周桃元，早在食客们进入饭馆前就已劳作开了。他把发酵好的面团从棉被中取出，用刀切出一长块，放在案板上搓揉成长条状，再把事先准备好的油酥嵌入面中，轻轻按揉后就等着顾客前来购买，按需制作了。周师傅制作的烧饼品种很多，有伴着猪油渣的葱花烧饼；有白糖和豆沙的甜烧饼；还有咸甜混合在一起，兴化人称为"龙虎斗"的烧饼。按顾客要求用包好馅的面饼做好后，油桶状的烧饼炉中，火已烧旺。周师傅卷起袖管，把沾满了芝麻的半成品挨个贴在炉壁上。火红的炉火映红了周桃元的脸，把整个周庄冬日的早晨焐得暖暖的，随着烧饼的出炉，周庄的大街上溢满了浓浓的饼香。

在周庄的早晨，不仅可以闻到阵阵烧饼的香味，还会让人闻到时间的味道与浓浓的人情味。

青岛游记

栈　桥

车到青岛时，大雨突然停了。当地导游赶到我们车上的时候，他的裤脚还是湿的，可想刚刚雨很大。

雨后的青岛，显得干净利落。由于温度不高，很多在夏日里显得焦躁的脸，在海风的吹拂下，舒展成笑靥，个个美丽得像花似的。

天始终阴着，午后又断断续续地下起雨来。栈桥上的游客很多，微雨挡不住人们的游兴。他们或撑伞，或顶着旅游帽，有的干脆如我一样，淋着细如发丝的雨，去感受桥带给人的沧桑与冷寂。

栈桥，不是路，长长地伸向海中只作为一个渡口存在着，它只是上路的一截舢板。青岛的栈桥在我的印象中，应该是寂寞的。它应该是，在清风细雨的黄昏或在夕阳残笛声中与风月纠缠的地方。是过多的人，打破了它的宁静，让它喧嚣在烟波浩渺的海面上。

女儿被卖贝壳的小摊吸引住了，流连在路上。我独自前行，雨猛了一些，如浓雾般隔开了对岸的风景。这时的桥，才开始显得寂寞起来，那深入骨髓的寂寞和着风、带着雨，落下一地的凄凉。栈桥上，人们的笑脸在我眼前渐渐模糊了，欢声笑语迷离在耳畔。此时，我仿佛只看到了一座桥，它孤立在百年的长风里，满身的落寞、满心的苦涩，深陷在泪汇成的海水中。

桥寂寞在水上，我孤立在雨中，风卷起了湿发，带着海水的腥咸，掠过脸颊……

正当我不知身在何处时，女儿手上捧了很多贝壳，欢快地跑向我。雨，说停就停了，烟波散尽，远处，小青岛上白色的灯塔亭亭玉立，海鸥低飞在海面上，刚刚还是灰色的海面，顿时泛起了银波，显得很温和。

海　苔

海苔是女儿的最爱，每次到超市，大包小包地总要买些回来。这一次去青岛，刚下车就看到很多商店里有海苔卖。当地自产的自然要比超市里便宜。女儿很兴奋，大呼小叫地买了好几袋。

这一路上，我的身边仿佛多出了只小老鼠，"呱唧，呱唧"地嚼个不停。看着女儿那美滋滋的样儿，我忍不住也放了一片海苔在嘴里。没有想象的好吃，海苔沾在舌头上，鲜得有点恶心。

到了青岛，不可能不到海边。海风吹来，阵阵腥臭味卷着潮湿肆无忌惮地扑面而来，车上的人有皱眉毛的，有捂鼻子的，有用手当摇扇一个劲儿扇风的，只有导游一脸夸张，陶醉地说："啊！大海的味道，好鲜啊！"他的话语引来了一片唏嘘声。我虽然在网上看到过关于青岛海域被污染的消息，应该说是有心理准备的，但那股海藻发出的气味，还是让我难以接受，有点意外。

海岸上，绿藻堆积如山，喜欢绿色的我，看到这成片且带有特别气味的绿色，心生出好些"敬意"只想远之了。

导游说："青岛海域被海藻污染正在整治中。不过，海藻泥洗脸可以美白，合理利用说不定还是个好东西呢……绿藻又叫海藻、海苔……"

第二辑　那一湾秀美的月牙泉

"呱唧"声戛然而止，转换成了"啊"的惊叹。我转脸看向女儿。她的嘴巴半张着，手中还拿着吃剩下的半片海苔。我收不住笑容，又不想笑出声让女儿尴尬，只能强逼回笑声，憋得我浑身打战。

这天的行程中，有一项坐游船畅游大海的项目。导游让晕船的人提前吃片药，我问女儿会不会晕，她正处于兴奋中，连连摆手说："不会！"

阴天的大海是灰蓝色的，水天交汇处依稀可见点点帆船。灰色，让大海如一卷无限展开的水墨。琴岛失却了清晰分明的具象，小岛的轮廓化成了淡淡的墨块，像一方镇纸，深情地压在这无边无际的宣纸之上……

"快看，这么多海苔耶！"远处漂来大片的绿色，让我忍不住大声叫了起来，拍拍身边的女儿，指向海面。此时她正皱着眉，手捂着嘴巴，脸色煞白，一脸痛苦状，"哇——"终于吐了出来。我看到，地上全是没消化掉的海苔。

崂　山

说到崂山自然会想到蒲松龄笔下的《崂山道士》，因为有了崂山道士，这座山也就有了仙气，让人平添了几分向往。

雨滴答了一夜，早起的时候竟然停了，由于下雨的缘故气温降了不少，集合时，几个小孩都穿上了春装，叽叽喳喳的如麻雀一样兴奋。天依旧灰着，一副欲哭的样子。我们担心着天气，害怕雨水阻挡了我们游玩的计划。导游却异常兴奋，一脸欣喜地对我们说："你们真是幸运，雨天游崂山，那才叫一个漂亮！瀑布蓄满了水，树更绿了，跟画儿似的。"我暗暗发笑，故意逗他说："下了一夜的雨，山路是不是很滑？我们是不是不能爬太高？您老人家，也不需要跟着我们受累了吧？"他冲我嘿嘿傻笑："你怎么把我想说的都说啦?"

民间流传的"泰山虽云高,不及东海崂"的诗句鼓舞着我们,一路上个个情绪高涨。当车转上山路,在导游的手指方向看到青蛙石时,我知道这座面朝大海的仙山到了。

可能是我们早起的原因吧,山上还没有其他的游客,路边的小摊还没有全部支起来,由低而高的石阶,透显着清冷。山路两旁的树木,葱茏翁郁,整座山仿佛也是刚刚睡醒似的,安宁而静谧。风没能吹散雾气,倒是把瀑布飞溅的水花带向了我们,头发湿了,衣服也潮了,阵阵凉风驱赶掉了因爬山而渗出的汗珠。驻足在瀑布前,听它奏响的天籁,顿觉浩气激荡在胸间。崂山瀑布虽然比不上庐山瀑布那样壮观,却也秀丽婀娜,别有一番韵味。

这时的女儿才肯拍照,爬山途中,几次要她停留在风景点,她都如雀一样,欢快地一路向前跑。我告诉她,风景一旦错过,就不再拍摄了。她轻描淡写地说:"导游不是说了吗,原路返回,回头时风景是一样的。"

"傻丫头,没有重复的美景的,即使能返回,感觉也不会相同。爬山可以原路返回,生活却没有重复……"

女儿见我唠叨,连忙接住话头:"知道啦,老人家!"

游人多了起来,崂山又开始热闹了,笑语覆盖了鸟鸣声。每个景点前都围满了人,我举着相机对着女儿,却发现,镜头里她身边多出了很多游人,各自摆着姿势。我连连摇头,女儿吐了吐舌头朝我会心一笑,拉着我的手直往山下跑。我们走走停停,不时地回过头来看看山上的风景。这时的风景和清晨已经不一样了,我们看到最多的不再是风景,而是那些来崂山求仙问道的人。

我的小屋

　　我居住的城市里没有山，所以我很稀罕山。山，成了我的浪漫之梦。

　　我希望在山中建一间小屋，或许它还能点破山的寂寞。在小屋前后种上树，常绿阔叶的树即可，不需要考虑它们是否开花或结什么果实。树，只要够伟岸就行，直立于小屋旁，尽管生长，借助山的高度冲向云霄。

　　小屋的周围应该有一圈篱笆，篱笆上爬满了蔷薇、紫藤甚至还有一些扁豆、丝瓜之类的植物。远远看去，开满鲜花、结满果实的篱笆是小屋的衣衫，一年四季却也能穿出不同的风格。

　　小屋的背面最好有一条河，我要在河边养一群鸭，河岸上种上野草，或许，鹅也是可以饲养的。狗，在这间小屋中至关重要，它不仅是我的伙伴，而且可以为我看家护院。

　　小屋的窗户以落地窗为好，这样阳光就可以随意进出，不必在意主人是否热情。把小屋当成自己的家吧，爱溜达到哪儿就溜达到哪儿。不过，厚实的窗帘还是需要准备的，否则我一天一个的美梦将会被山间的小动物们窥视了去，当成故事在山间流传开来，那可就着实叫人担心了。

　　我的书桌，还有若干的书都应该搬进小屋，至于电脑大概就不需要了，没有电，它就只能是一个摆设。

让我想想，上山的小路应该设计得隐秘一些呢，还是直接让它像一条河流一样，明晃晃地载着我的朋友到小屋来做客？

如果小屋常常有客人光顾，我还得把屋内装饰一番才行。

屋檐下挂一只鸟笼？哦，不，山里的鸟多得不计其数。墙壁上要不要找一些画来挂上呢？呵，其实，屋外的风景肯定远比一幅画来得丰富，站在小屋的门外，那将是一场视觉的盛宴啊。我甚至不需要在屋内熏香，大自然的清香一定会让客人心旷神怡，山里清新的空气原本就带着香啊。

山间的小屋在我的脑海里反复修建，在一个阳光散漫的午后终于建成了。

东门外大街的旧日时光

  兴化这座古城，明清时代最为繁华，东西南北四门外均有大街，将古老的城池与城外的世界连接起来。过去被称之为"街"的路，如今看来只能叫作"巷"。二十世纪五十年代以前，兴化的老街都很窄，若两辆板车在街上相遇，其中一辆必定要拉至街边，一只轮子搁在街边人家廊檐下的石板上，另一辆才能勉强通过。

  过去乡下的人到城里，先走水路，在东门码头上岸，然后通过一条外大街进入城内。这条街上店铺林立，家家经商。早晨，当第一缕阳光斜照在石板路上时，店家便开门准备营业了。然而做生意的人家一大早都不着急，打扫打扫店铺，或喊来从垛上挑着担子、穿街入城卖菜的农民问问价，买几斤新鲜的瓜儿菜的，在店铺里挑拣起来。也有店铺连着家的，穿着汗衫、趿着拖鞋的老板，手里捧着个杯子，一边漱口一边和对面刚卸掉一块门板露出了半个脑袋的店主招呼着。街头的那家烧饼铺开门最早，天没亮就生了火，伙计双手握拳，用力地揉着案板上的面团。

  偶尔有早早上街的顾客朝店里张望，各家老板、伙计此时都不甚热情。他们知道这一大早进城的顾客，大多也只是问个价格，然后揣在心里，到城内的店铺比较比较。若想做成生意，必须等他们走了一圈回头才行。直到晌午过后，这条外大街才会热闹起来。那些在城里买完东西准备回家的人，脚一溜、跨进店铺去。这时的老板、伙计热情满面，那劲头就像是烧饼贴着火炉一般，紧紧地跟着大早从这条街上走过去的那些回头客们。

兴化的四条城外大街，就数东门外大街的商业味最浓，根本原因在于交通。兴化是水乡，水网密布，主要交通工具是船。东门外的大码头，通往四乡八镇。因此，这块地方好比今天的沿海城市，是兴化的"特区"，被誉为"金东门"。

东门外大街上，除了上池斋药店是家老字号外，大多数是杂货铺，卖烟酒、茶叶、干果的南北货铺面不多，卖锅、卖桶、卖桐油等的苏货店倒是不少。商家知道，上街的农民绝对不会在城内背着沉重的物件满街跑。那些铁锅、农具只有在返回的时候才会购买，背着上班船的路不远，即便重些，走不了几步就能摆放到船上了。然而东门外大街上并非什么都可以买到，因为那里的手工作坊并不多，若想寻个手艺物件得跑到东城门口附近的巷子里去。

城门口有一条巷子，说它是巷子却没有兴化小巷的那份宁静与安逸，热闹如街一般。那巷子里不住人家，都是店铺，家家户户经营着竹制品，叫作"竹巷"。这竹巷在兴化是很出名的，农民上街若要买撑船的竹篙，必定要到城墙脚下的这条巷子来寻。商家都是聪明的，之所以在这里经营，是因为穿过这条巷子绕着城墙脚，走不多远就可以进入水道，扛着长长竹竿的农民无须太费力气便能上船回家了。离着竹巷不远，还有一条"发财巷"，这里的家家户户都以卖棺材为生。古人墓葬讲究风水，认为升棺可使后人发财，"升官发财"一词便来源于此。凡城里被叫作"发财巷"的，在从前多与经营棺材有关。人们忌讳死亡，因而忌讳棺材从门前经过，所以城内是没有棺材可买的，棺材铺自然而然地在城墙脚下靠近水道的交通便利之处安了身。

从竹巷往水道去要经过一座古板桥，以诗书画闻名于世的郑板桥，就曾住在一条离鹤儿湾水道不远的地方。兴化小巷里曾走出过若干著名的人物，他们的房屋往往都在深巷之中，和当地百姓的住宅并无区别，甚至还不如一些有钱的人家。

光阴荏苒，沧桑巨变，兴化城早已不是旧日的模样。那纵横交错的水道，早已被填平，家家枕河而居的光景只能留在老一辈的记忆中了。旧城改造后，东门外大街虽然被保留了下来，但再也寻不到过去的繁华，它已经被历史的车轮碾压，只留下一道道深浅不一的印痕，断断续续地出现在一些喜爱怀古的人的文字中，被追忆、被怀念着。

北门酱园

北城门口有一家酱园，小时候我被差遣到酱园打酱油买小菜是最平常的事。一只手里紧攥着钱，另一只手里拿着个酱油瓶或小碗，边往酱园去嘴里一边还要念叨着：二分钱酱油，三分钱萝卜干。有时路上若遇到换糖的小摊，停下来望个呆，就会把一路念叨的说辞给忘掉了，即便已经走到酱园还得回家重新问问手中的五分钱到底该如何分配。这时，我的爷爷总是会点着我的额头说：你这个丫头，不灵。

这个丫头虽然不灵，但每次打酱油的事情还是我去，甚至到了腊月里计划供应购买水粉、香干的事也是我与妹妹去排队。

排队买香干时就不要到酱园里面去了，酱园中的工作人员会在酱园店的门口，放上一排条形如课桌一般高矮的桌子当柜台。每年只有到这个时候，我才是最愿意跑酱园店的。因为"柜台"的降低，不再让我有恐惧感。

城门口的这个酱园据说清代的时候就在了，店面里的柜台很高，呈L形。每次去买东西，我都要高举起双手，嘴里还要高声喊着：哎，打酱油。一会儿就会见到有半个身子从那高高的柜台后探出来，居高临下地伸出双手，接过我手中的钱与酱油瓶以后，立刻就消失了。每每这时，我都会退后几尺，踮起脚尖朝柜台里张望。酱油瓶上套一个注口，打酱油的人用一个有着长柄的瘦竹筒，从一口大缸中舀出酱油，注入瓶内，一筒一分钱。打酱油的这个动作是有讲究的，竹筒倾斜点，速度慢一点，往往就被泼洒掉一些。我这个都没有柜台高的小孩，即便退后注视以示监督，其实也是无济于事的。但这个动作是奶奶关照的，我不得不照办。

记忆中，妹妹没有去打过酱油，或许是因为我这个姐姐个子高一点的原因吧。但是每次到了年底去排队买计划供应的食品时，妹妹都是和我一道的。

也不知道是因为过去的天气比现在寒冷，还是因为我们身上御寒的棉袄不够厚实，反正，拎着篮子的小手都会冻得发硬，根根手指头如胡萝卜一般。站在队伍中，我与妹妹不时地从别人腰间伸长了脖子张望，一眼望过去，最醒目的是那红色的粮油本，与主人一起"排"着队伍。儿时的我最羡慕的就是拿着笔杆子在粮油本上画记号的人，几个字一写，再盖上一个红戳，就结束了一户人家一整年才能购买到的极其珍贵的水粉与茶干。

当我们排到快接近那长长的"柜台"时，便会收回目光，紧盯着那个动作娴熟、不停捞起水粉的人。泡在水中的水粉上粘着薄薄的冰块，有的如同刀片，有的像碎水晶，放在篮子中冰块撞击着，发出的轻响，如同过去大户人家小姐身上玉佩撞击发出的叮玲。或许是因为一年才能见到它一次的原因，那金贵的水粉在我的眼中神气活现，甚至是有生命的，要不它怎么会如鱼一般在手中滑动呢？我不记得儿时水粉的滋味了，但我估计一定比如今吃到的鱼翅更有味道吧。

我的个子比那柜台高了以后，反而很少去酱园买酱菜、打酱油了。因为随着计划经济的终结，巷头上有了一家杂货小店，店里什么都有，酱油与酱菜都是瓶装的，既卫生又方便。

如今更是方便，到处都是大大小小的超市，酱油竟多达十几个品种。水粉与香干，一年四季什么时候想吃，走进超市，自己取了便是，再也用不着在风口里排着长队，伸长了脖子张望。

城市越来越现代化了，用我朋友姑妈的一句话说，坐在公交车上从城市的这头坐到那头，看到的都是高楼，像看电影一样，像电影里的香港一样……

像香港一样的城市里是看不到那个清朝就在北城门口的酱园的。遗憾的是我竟不知道它是怎么消失的，每天都会从这条大街走过，却从没有注意过它渐渐"老去"直至"死亡"。

我不能掩藏我的失落。因为，儿时我一直有个梦想，想穿过店堂，从那个圆形的门走进去看看，这个连家店的天井中，是否还保留着清朝的那几口大酱缸。

垛田印象

在江苏的中部，有一座小城，这座小城四面环水，俯视之下城市如一片荷叶漂浮在水面之上，这座小城就是兴化。兴化地势低洼，常有涝灾，农田被淹是常有的事。过去的坟茔都在农田中，若这一年水大，久久不退，河岸边的泥土被泡得酥松开，新埋的棺材或许都会浮到水面上来。垛田这块地方，水多，地势却是高的，几次百年一遇的大水，垛田都未被没顶。因此，聪明的兴化祖辈们在选择坟地时，自然不会放过这一块风水宝地。

我对垛田最初的印象，来自于儿时，爷爷带着我去垛田上坟。

从东门外的大码头上船，过了东门泊，水道就变窄了。那离自己很近的水面，像一匹上好的丝绸被轻轻铺展开来，阳光照耀在河面上，那褶皱一波波地荡开去，金光点点，直晃得人眼花。盯着水面看久了，我有些发晕，索性闭上了眼睛，依偎在爷爷的怀中，尽情地享受着。

隔着眼皮，那火球般的太阳不再刺目，只剩下了一片晕染开的红色。身体随着船的前行，一晃一晃的。眼皮下的景色也跟着发生着微妙的变化，温和的红色时而隐退，时而又变得艳丽起来，星星点点的红光像花儿一样开放。我闭着眼睛，细细聆听着木桨划过水面的声音，捕捉着蜜蜂飞过的声音。是的，确实有蜂鸣，而且越来越响，空气中还弥漫着一阵阵醉人的香味，那是密密丛丛挤在一起的油菜花散发出来的。

爷爷说："前面就到了。"

我猛地睁开眼睛，惊奇地发现水面竟是亮黄亮黄的，河面上铺满了菜花的倒影，整个河道全被染黄了，清冷的水面因为这满眼的黄而变得温暖起来。船在小岛一般的垛子间缓缓而行，往两岸看，那挺立的菜花像一堵斜斜的墙，似要肆无忌惮地倾倒下来。风一吹，金色的光影如波浪般汹涌，在春天的阳光下曝光、显影，然后，紧紧地攫住了我的心。

船在如巷子般的水道中拐了几个弯就到了一个叫何家垛的村庄。许多城里人家的祖坟在这个村庄的外围，各家有各家看管墓地的农户。看管墓地的农户知道我们要来，早早地就准备好了供桌和拜垫，其实就是一张小桌子和一张小板凳罢了。稍事休息，我们便再次登上了当地特有的小船。他们不是划桨而是拿一根长竹篙，撑着小船前行。我坐在船的中央，坐在那个准备用来祭祀的"拜垫"上。大人们则坐在船帮上，一点儿都不害怕掉到河里。船在水中，七拐八拐，我感觉很多地方都已经走过，为什么船要在河里转来转去呢？这迷宫一样如八卦阵的河道彻底迷晕了我。船在窄窄的水道中打转，晃晃悠悠，晃晃悠悠。我越来越迷糊，再看头顶的蓝天，恍惚间，被那岸边菜花分割成的条状天空，宛若河流。

撑船人将长竹篙死死地往河底的泥土里插，长篙将小船逼停在一个垛子前。船与岸之间搭上一块跳板，撑船人三两步就上了岸。然后，俯了身体，伸长胳膊去拉拽我们。城里长大的孩子，见到泥土有天生的兴奋劲儿，总想尽量去亲近它。我不等大人来抱，手脚并用，像猴子一般往斜坡上爬。脚下的土是松的，好几次有滑落水中的危险，幸亏身后有人挡着，推一把，也就上了岸了。爬到垛上，回头再去看来时的水路，俯视之下，它已然变成一条小沟。

水乡没有山，儿时的感觉这垛子就是山了。

清明节前后正是菜花开放得最为灿烂的时候，穿梭在馥郁的花香中，像步入了仙境。虽然在岸上，但我仍有坐在船上的感觉，高低不平的土地踩上去软绵绵的，我依旧在晃荡。

"当心掉河里，看着路！"

我很奇怪，一直在往前走，离河应该越来越远才对，怎么还会有掉下河的危险呢？难道是大人们看我走路不稳？这个问题一直困扰着我。童年时候，一直没能被解开。

上学以后，再没有和爷爷去上过坟。垛田离我远去了，对垛田的印象也越来越模糊。

直至有了彩色胶卷，爱好摄影的父亲拍回了一组照片，我才真正认识了那块神奇的土地。

那几张照片，是父亲爬在电视塔上照下的。

从照片中我看明白了，原来小时候被我认作"山"的土地，遍布在一大片的水面上，一座座小"山"，不，是一座座"小岛"，泥土堆积成的"小岛"，像积木一样随意地散落在水面之上。难怪当时大人提醒我别掉到河里，原来我踏上的土地四面环水，那个个"小岛"，形状大同小异，却互不相连。

照片是菜花盛开的时候拍摄的，黄灿灿的菜花覆盖了小"岛"一样的田地。我被这秀美的景色迷住了，对着照片轻轻地吹了一口气，然后傻乎乎地笑了起来。照片中的小岛没有变化，但在我的心里，那些小岛却随着我吹出的一阵微风而荡漾着，像云彩一般。

父亲的这张照片被无数次复制，当成地方的名片、家乡的礼品送给了外地的友人。我不知道后来的菜花旅游节是否与之有关，但我深深地爱上了父亲镜头下的垛田。那垛田因为父亲而有了灵气，像一个秀美的村姑羞答答地展示着自己的魅力。

垛田热闹了，名气越来越大。每到清明前后，游人蜂拥而至。几次有陪同外地文友去垛田游玩的机会，却被我一次次地放弃了。不知道为什么，我很害怕再次踏上那块土地，害怕那些被拓平后的垛子，会让我丢失儿时"爬山"的记忆；更害怕我的文字写不出父亲镜头中那有了生命的垛田，写不出她的精魂来。

消失的小巷

消失的小巷

如今，我居住的城市不再是儿时记忆中的模样了，但我却没有感觉到陌生，仿佛那林立的高楼原本就该随着时间的推移像甘蔗一样一层一层地"长"高，道路也会随着城市的长大而变得宽阔起来。然而，我一直有一种感觉，记忆中那小小的简陋的城市还在，它一定隐藏在城市中的某一个角落，就如同我的童年隐藏在我的生命中一样。

我经常梦到儿时的小街、小巷，梦里一遍一遍地重温着旧日的感觉。小巷里青灰色的砖墙已经斑驳了，但却如古朴而淡雅的水墨画一般，和着老街中那散文般的飘逸与恬静气息，温暖了我多少个梦境啊。当梦醒了，当发现自己置身于一个宽敞而明亮的空间时，一种无所依靠的恐惧感会莫名袭来。我决定去寻找记忆中的城市，找回儿时的那段时光。

或许是因为在小巷里住了二十多年的缘故吧，我固执地认为，没有在小巷里生活过的孩子是不幸的。他们不会知道，傍晚，当孩子们的影子被夕阳拉得老长老长，几乎占满了整条巷子时，巷子的拐角处父亲或者母亲就会在我们的等待中出现，随之而来的快乐会跟随着笑声跳跃到青灰色的屋檐上。他们更不会明白，人们为什么会放弃偌大的天井，拿着竹椅坐在狭长的小巷中摇着蒲扇乘凉，为什么这个时候的孩子最为快乐，为什么所有的小孩都爱在巷子里奔跑，跑累后才会安静地坐下来听老人讲那虚幻的故事，一遍又一遍，从不会因为听过了而感觉腻味。

　　我在巷子里长大，从小就爱在各个巷子里溜达。我曾经徒步走过这个城市中的许多巷子。有的小巷空无一人，走在小巷的深处，静静地听着高跟鞋敲击路面发出的声音，心中常常会掠过一种莫名的悸动。那一扇扇关闭的木门后面，会掩藏着怎样的一番天地呢？偶尔看到有树枝从围墙上探出脑袋，直诱惑得我忍不住伸出手来，跳跃着想摘下一片树叶。有些小巷特别狭窄，灰色的高墙把天空夹成了一条线，这样的巷子看不到大门，只会在墙的高处，偶尔看到一个小小的窗口，这种巷子就是我们俗称的背巷，大门开在另外一侧。我一直觉得，巷子是神秘的，有些复杂的巷子如同迷宫，一个人置身在七拐八拐的巷子中间，仿佛特工潜行在城市的暗处，心中会有一种期待，如果突然找到了一个出口，就会有一种探险后的快感。我最喜欢走过流动着繁华的小巷，一根根竹竿横担在巷子的上空，上面挂满了衣服，如同万国旗一般。一些华发满头的老者悠然地品着茶，忙碌的主妇坐在门槛上，干着活儿唠着家常。他们安静地生活着，一副与世无争的样子。这样的巷子让人感觉时间好似放慢了脚步，甚至是停滞了，温暖得人想哭，进入这样的巷子，就有了快要到家的感觉。

　　城市建设加速了小巷的灭亡，每当看到推土机，又推平了一条小巷的时候，我就会有一种看穿了风景的失望。我诧异，原本曲折而悠长的小巷竟然只有如此之短的直线距离。一览无余的空阔之地，看得人痛心。推土机把我的童年一并推倒了，小巷被无情地撕扯开来，我的快乐时光被切割得支离破碎。那原本属于我与小伙伴之间的秘密被迫敞开在道路上。

　　这个城市里，已经有多少我熟悉的巷子消失了？有些巷子珍藏了多少古老的历史片段啊，这些片段最终会变成遥远的传说，即便是一代一代传述着，但转述的过程中必定会一代一代地变了模样。

我熟悉的小巷消失了，然而很快在废墟上又"长出"了一条条让我陌生的小巷。我不懂当权者的想法，既然已经拆了小巷，何必又要恢复呢？那些所谓的学者，他们没有在这个城市居住过，如何能了解这座城市的历史？如何能把原来的样子还原呢？拆旧做旧后的小巷如同整容后镶着的满口金牙，俗不可耐。

　　我从梦里醒来，原本是想找回童年记忆的，哪知，当我穿过繁华的马路想走进小巷的时候，猛然发现进入到老街的北城门居然掉转了方向，原本应该南北而立的城门却面向西方。从城门进入，直线往前，一条大河横挡在面前。突然间我分不清东西南北，恍惚间又跌入了梦境，难道原来的北城外大街已经被改造成一条河流了？

　　这还是我记忆中的城市吗？我要如何才能拉回那旧日的时光呢？

陈呆子

兴化人喜欢一大早到茶馆喝茶。在兴化，早上说去喝茶其实是吃早饭的意思。在茶馆吃早饭自然要比在家丰富，花一块钱买一个茶头。茶头并非茶叶渥堆发酵后揉解不开的疙瘩茶，而是由百叶切成丝状的豆制品，兴化人叫它干丝。到茶馆喝茶，干丝是必点的一道吃食。如果你食量不大，点上一盘干丝，再泡上一杯茶馆里提供的免费茶，吃吃喝喝一个上午便被消磨掉了一半。二十世纪八十年代末兴化人不算富裕，但从不会在吃早茶上节约。一群人相约喝茶是常有的事情，人多时十一二个正好凑成一桌，点上若干小菜，有荤有素，仿佛晚宴上的冷盘。若把茶换成酒，同样不会觉得寡淡。待茶喝淡了，热气腾腾的包子就会被服务员端了来，这时候，茶已喝了半饱，原计划一人两只的包子，总会有人吃不下而剩下来。兴化人爱摆阔，剩在桌上的包子往往不会打包带走，最后都是由饭店的服务人员收拾处理掉。

我与妹妹常和父母一起到茶馆喝茶，四个人找一张没有坐满人的桌子坐下，与其他人拼凑在一起并不会觉得别扭，兴化人早就习惯了各喝各的茶，各聊各的天。

一个徘徊在茶馆门口的大个子引起了我的注意。

"陈呆子!"

我喊出了声，幸好茶馆里人声嘈杂，声音不会传播出去，否则定会招来白眼儿。

父亲瞪了我一眼，并且制止我不要一直朝着陈呆子所待的地方看。我只好学着父母的样子装作没有看见他，按照原有喝茶的节奏，慢条斯理地继续原来的动作。不过因为刻意而为，所有的动作都变得生硬、呆板。

父母虽然也低着头，但我发现他们与我一样不时地朝门口瞟，即使是漫不经心地扫视店堂里的食客，余光也一直留在陈呆子身上。

陈呆子穿着一件深蓝色的工作服，这件工作服看上去又脏又旧。他头发蓬乱，若不是因为认识他，很可能会把他当成讨饭的。他个子很高，虽已年过半百却依旧壮实。我时常拿他与《水浒传》中的鲁智深相提并论：生得面圆耳大，鼻直口方，腮边一部络腮胡须，身长八尺，腰阔十围……

陈呆子在门口踱了一会儿，跟在一拨食客的后面悄无声息地走了进来。他拿了一只茶杯泡好了茶，挨在两个快要吃好准备离开饭桌的人的旁边坐下，并不急着招呼服务员点干丝或包子。

母亲说："把我们这笼包子送给他吧。"

父亲连忙制止："不能，他毕竟是读书人啊，被熟人看到如今这副模样，会觉得被羞辱的。"

母亲叹了口气。

陈呆子旁边的人走了，他端起茶杯放在嘴边，并不急着让茶水流入口中，而是朝四周瞄了瞄，呷一口茶，缓缓放下茶杯后立刻把桌上别人吃剩下的两个茶头归拢到自己跟前，迅速用筷子把干丝合并在一个盘子里，接着站起身来把别人剩在笼屉里的包子取出，放在左手边的盘子里，这才安心坐下。这一套动作做得干净利落，若不是我们一直死盯着他，估计没被旁人看见。

听爷爷说，陈呆子早在十岁时便被家人唤作呆子了，据说是读书读呆的。他的父亲是光绪三十年的秀才，秀才的儿子将来也是要中秀才的。可惜，待陈呆子读书时，科举制度早已废止，他进了新式学堂，但秀才儿子的派头不减，成天"之乎者也"不离口，浑身上下透着书呆子的酸腐气。他看到他的爷爷用梳子梳理花白的长胡须，随口道："朽木不可雕也。"爷爷气急，唤来陈呆子的父亲一通训斥："放肆！粪土之墙不可圬也！子不教父之过！"

陈呆子酷爱读书，家中的藏书读完了便想方设法找书来读。上初中的时候他偷过一本书，但未被书店里的工作人员发现。然而某日他把偷来的书借给了同学，还悄悄告诉同学自己是如何得到这个"宝贝"的。

三反五反运动时，他被这个曾答应守住"秘密"的同学检举揭发，被判刑十五年。批斗大会开过以后，陈呆子便被送往青海农场劳教。哪知劳教期间他竟又书呆子气起来，与管教干部大谈孔孟之道，遂被改为无期。

陈呆子从青海农场回来是一九七九年的事，他被居委会的人领到了我家。

"'四人帮'被打倒了，落实政策，平反冤假错案，老陈被特赦了。但是他父母早已过世，家里没人了，祖上的房子也已充公。听说你们家与他家沾亲带故，所以我们居委会研究决定先让他暂时居住在你们家。"

我的奶奶一脸为难，但还是在厨房旁边的小屋里为这个四十多岁的壮汉架起了一张床。自此，我与妹妹便和父母挤到了一张床上。

"哎，你这个人怎么拿别人的包子！"服务员的声音很大，喧闹的茶馆里突然有了片刻安静，很多人的目光集中到了陈呆子的身上。

父亲突然站了起来，脸涨得通红。

"别去！"母亲小声说，"怪难为情的。"

"不行，不能看着他受欺负。"

父亲刚想去替陈呆子解围，却听服务员对陈呆子说："算了，算了，这次放过你。以后不许再来我们饭店白吃了！"

"惭愧！惭愧……"

父亲坐下了，再也吃不下盘子里的干丝，一个劲儿地叹着气。

陈呆子在我家住了大半年，每天除了吃饭睡觉就是和我爷爷谈科学，谈开荒，谈很多我根本听不懂的学问。他经常和我爷爷争得面红耳赤，每当这时，我都会躲得远远的。说实话，我挺怕他的，除了他的长相令我恐惧外，他的大嗓门也着实叫人心惊。

爷爷说，改造，改造，把一个书呆子改造成傻子了，这十多年的改造怎么就把肚子里的学问都改造没了呢？

爷爷去居委会求人安排他到煤运公司里做搬运工。他拖着从青海农场带回的一个军用大布包搬进了搬运站的一间宿舍。临走时恋恋的，一直低着头。我听到奶奶低声对他说："我们家也困难，你也看到了，这一大家子要养活啊。我们不是嫌弃你白吃白喝……你也要找个工作做做，成个家，娶个媳妇……对不对？"

陈呆子没有娶到媳妇，一个劳改释放人员是没有人愿意嫁给他的，何况他还一贫如洗，靠出卖劳力搬运煤炭挣的工资只够糊口。他没有工龄，领不到退休工资，从劳改农场回来，成了社保之外的局外人。

我们的茶早就喝淡了，包子也已经吃完，却一直等到陈呆子离开饭店后才起身离开。父亲说，人啊，风光的时候你可以去分享他的喜悦，窘迫时千万不要去打扰他，人都是有尊严的。

陈呆子离开我家以后，奶奶接济过他多次，但一般情况下都被拒绝了。他说："一人吃饱全家不饿。如今我虽什么都没有了，但有一身好力气。姑啊，你虽然不是我的亲姑妈，只是和我家有些交情便肯收留我，我已经感激不尽了。我们陈家在兴化不是没人了，是他们不肯认我这个劳改犯啊！"

我结婚以后再也没有见过陈呆子，我几乎忘记了他。

二〇〇五年，得知兴化要重修小东门的老城墙，我特地穿过闹市区，走进了七拐八拐的小巷。巷子里的房屋低矮破旧，很多老房子已经没人居住，墙角处长满了杂草。如果现在行走在马路上，那么我完全可以忽略掉自己的存在，因为我淹没在无数的人与车流中。而小巷里安静得很，高跟鞋敲击地面发出的声音，让我感觉自己不再是无足轻重的，我已打扰到了别人安静的生活，很多人探出头来朝我张望。

突然我看见了一张熟悉的面孔：面圆耳大，鼻直口方，腮边一部络腮胡须……虽然他的头发与胡须全白了，脸上爬满了皱纹，瘦了很多而且还佝偻着背，但我还是一眼认出了他。

"陈……"一时间我竟不知道该称呼他什么，记忆中我从没有叫过他一声，打从九岁认识他起，我就一直学着别人在背地里称他为陈呆子。

他诧异地看了我一眼，转身进了屋。从第一次见面距今已过去二十多年了，我想，他大概没有认出我来吧。但是，或许他是记得我的，否则怎么会不问我如何知道他姓陈呢？

"唉，老了，朽木不可雕矣，朽木不可雕矣……"

他喃喃的声音从低矮阴暗的房屋中传出，让站在门口的我呆立了很久。

三姑娘

　　三姑娘四十多岁，常被一群小孩追着欺负。被欺负后她会大哭，哭起来非常难看，眉头紧锁，眼皮耷拉着似乎能盖住黑眼珠，嘴角歪斜，还挂着口水，一边哭一边嘟囔着。她说话极不清楚，但有几句却能被分辨出来：我去告诉宝宝，要宝宝打你们！

　　三姑娘说的宝宝其实是她的嫂子。听我奶奶说，三姑娘没有变傻的时候一点儿都不难看，还算得上是个美人呢，和哥哥嫂子一起住在城南。后来哥哥因为是地主资本家的崽子被活活斗死了，做护士的嫂子每天都会被几个穿军装的人拉出去批斗，听说每次挨批斗时她的脖子上就会被挂上一双破鞋。我问奶奶为什么要挂一双鞋在脖子上。奶奶说：小孩子别问那么多，长大了就懂了。后来，断断续续从大人口中得知，三姑娘的宝宝年轻的时候非常漂亮，让男人动过"心思"。三姑娘在嫂子被抓去青海劳改后，原本好好的一个人说傻就傻了。

　　直到三姑娘的嫂子从青海回来以后，三姑娘的疯病才有所好转。身上的衣服虽然还是那么破旧，但要比嫂子在劳改农场那会儿干净很多，原来乱糟糟的头发也被她的嫂子给剪成了当时挺流行的一种发式，像女革命者一样的齐耳短发。但三姑娘并不喜欢这样的发型，她经常用一个发卡夹起刘海，那个黑色的发卡上夹着花花绿绿的碎布头。她嫂子制止过她几次，但刚被取下，她就会跑回房间重新梳妆打扮，出来后，发卡上的布头更加鲜艳夺目了，甚至，腮边还会用胭脂拍得红红的。她的嫂子拿她没有办法，只能叹口气，随她去了。

三姑娘爱漂亮，她的房间里有一个非常大的梳妆台，那个梳妆台是三姑娘母亲生前用过的，三面镜子，镜框与抽屉上全是雕花。她的闺房轻易不会让人进去，这更加引发了我的好奇心。我和几个孩子偷偷溜到她家天井，猫身躲在窗户下伸长了脖子朝里张望。阴暗狭窄的房间内没有什么家具，除了一张床以外，梳妆台占满了整个空间。硕大的梳妆台上放满了花花绿绿的瓶子，印象最深的是一个盖子上画着一个民国女人的粉盒。三姑娘在化妆的时候，一点都看不出是个傻子，端坐在镜子前，先用梳头油把头发抹得油光锃亮，夹上发卡后，便开始往脸上涂抹雪花膏、扑粉、点胭脂。她那专注的样子，让我恍惚穿越了时空，回到了电影里描绘出的民国。三姑娘像极了巴金笔下的梅表姐，但这个"梅表姐"毕竟是个傻子，化好妆后活像戏曲舞台上的媒婆，躲在窗外的我们吃吃地笑了起来。三姑娘听到了，不好意思地走到窗前，忸忸怩怩地低着头，举起手臂佯装要打我们，那副娇羞的小丑样让人忍俊不禁，调皮的孩子学着她的模样逗得整条巷子里的大人、小孩们哈哈大笑。

三姑娘在娘家没有被抄家前过着丰衣足食的日子，可是自从搬来我们这个巷子居住后，经常吃不饱饭。她那做护士的嫂子自劳改后便没了工作，日子过得很艰难，靠换废品过日子。三姑娘抱怨她的宝宝不给她吃饭，经常到我奶奶跟前告状。奶奶什么也不说，盛一碗稀饭来，她呼噜噜几口就喝完了。喝完稀饭，冲我奶奶腼腆地笑笑。我最喜欢看她笑起来的模样，鼻子挤着眼睛，下嘴唇歪向一边，满脸的皱纹像藤蔓一样缠绕着她的五官，四十多岁的三姑娘笑起来像六七十岁的老人。但，她的笑容非常纯净，像小孩一样的纯净。她嘻嘻傻笑着把碗递到奶奶跟前，却不撒手，奶奶问她是不是没吃饱，她含混不清地说："给宝宝吃，宝宝饿……"

我记得她常常问我的爷爷要废报纸，爷爷平时是个极小气的人，但对三姑娘和她的嫂子却非常大方。记得有一次，三姑娘的嫂子拿走了一摞报纸，爷爷说什么也不肯收下三姑娘送来的零钱。三姑娘不走，爷爷哄骗她说："那些报纸不是废品，不要钱。送给你宝宝看。"随手他又拿了窗台上的牙膏皮塞到三姑娘的手里说，"把钱拿回去给你的宝宝，我就把牙膏皮送给你换糖吃。"三姑娘得了宝贝似的笑嘻嘻地回去了。为了这事，我和爷爷怄了好几天气，那些牙膏皮是我的，本来爷爷说给我换糖吃的。

再后来，三姑娘的日子越发过得好了，她的宝宝摆起了书摊。她不必每日无所事事地在巷子里晃荡，因为她的嫂子怕她被小孩欺负，每天都带着她去守书摊。

我成了书摊上的常客，看小人书是免费的，但小板凳必须自己带，因为她们带过去的板凳是给那些看书给钱的人预留的。那些欺负过三姑娘的小孩不敢去书摊看书，站在路边像馋猫一样地朝着书摊张望。书摊上人少的时候，三姑娘会在她嫂子的命令下，去街对面叫那些迟迟不肯离开的孩子。这时的三姑娘，一副极不情愿的样子，嘴巴噘得老高，能挂个油瓶上去，磨磨蹭蹭走到那些曾经欺负过她的小孩面前，突然就张牙舞爪起来。若此刻她身处小巷，没有嫂子的庇护，万万不敢做出如此举动。

一晃几十年过去了，三姑娘与她的嫂子什么时候从巷子里搬走的，我一点儿都不清楚。突然有一天与父母聊起了她们，这才知道，三姑娘与她嫂子都已不在人世，就像树上掉下的落叶，悄无声息地回到了大地的怀抱。

徐小勇

不知道为什么这段时间我突然被死神给纠缠上了，心里充满了恐惧。按说，我这个年龄段是不会成天想着死亡这个问题的，但近一段时间，死神冷不丁地就会从天而降，提醒我，他一直存在，而且他一直在我的身边，一直没有离开过。

最初发现他的存在是在一天深夜，他带着我最亲最爱的人欲转身而去，我哭号着恳求他放手，我感觉他是冷漠的，应该面无表情。因为在他的身后有一片刺眼的光束，导致我看不清他脸上是否有怜悯或者厌弃，我只能猜想他是冷漠的。我声嘶力竭，匍匐在他的脚下，一遍一遍地祈求他再给我一些日子，让我和我的爱人厮守。他对我不理不睬，只顾着收拾被他抓在手上的我的爱人，转眼间，他竟当着我的面把一个活生生的人变成了一具干尸。那具干尸是褐红色的，平躺在床板上不停地扭动。我突然平静了，不再去纠缠死神，我抚摸着那光秃而干瘪的头颅，放平他的双腿，那不再是人的模样的他，突然长叹了口气，再无声息。

梦中醒来，我浑身大汗，看着窗外淡淡的月色，了无睡意。

自从梦中与死神见面后，我便开始认真地思考起关于死亡的诸多问题。在我头脑一片混乱、无法理清思绪时，他再次与我接近。

那一天，老公默然地告诉我，徐小勇可能日子不多了，被切开了喉咙，再也不能言语。我的心为之一震，潜然泪下。

二十多年前，刚和老公认识不久便被他带进了他的朋友圈。他有四个铁哥们儿，其中有一个个子不高、笑起来和我一样有酒窝的人。因为刚刚认识，彼此间都比较客气。从他的外貌长相看，感觉他是一个性格温和，甚至有点腼腆的大男孩。认识久了才发现，原来这个叫作徐小勇的人的性格和我有若干的相似之处。一帮朋友坐到一起喝酒，桌上"叫嚣"得最厉害的，必定是我们两个。渐渐地，我们相处得像兄妹，但因为我的老公年长于他，更多时候，我却当他如弟弟。

他们几个相处得像兄弟，四个家庭隔三岔五地就会小聚聚。日子过得飞快，二十年的时光就在一次次的相聚中悄悄地溜走了。一日，正在上班的我突然接到电话：徐小勇脑溢血！医生经过十几个小时的抢救，终于从死神的手里抢过了徐小勇。可是，病后的他行为变得木讷，再无往日的生机，如同一具活着的死尸。我知道不应该这么诅咒我的兄弟，但我时常暗想，死神虽然没有带走他的肉身，却早已把他的灵魂收进了地狱。那个酒桌上双手握着酒瓶，爱闹、敢喝、出口成章的徐小勇和死神见过面了，彻底带走他，是迟早的事。

其实，人最终都会和死神相见的。贪生怕死是人类与生俱来的弱点，因为恐惧死亡，人们就开始追求起长生之术。古代人寄希望于不老仙丹，现代人想通过医学来延续人类的生命。我在医院中见过很多患了绝症的病人，身上插满了各种管子，吃不进、尿不出，或是大小便失禁、无力自理，忍受着无边的身心之痛，直至耗尽精力而亡。说实话，我害怕这样的死法，若让我这般无尊严地死去，我想应该选择主动去拥抱死神。古人说："与人为善者，必有善终。"可想，追求自然衰老而死，是人类从古至今的追求。

死神与人类是如影随形的，既然明白避不开他，何不潇洒地与之一同前行呢，随时听命于死神的召唤，叹下一口气，轰然倒地。然而，人，毕竟有别于动物，人类有思想。宗教认为附在人类躯体上的灵魂主宰着生命，灵魂离开身体，人类便是死亡。臧克家说：有的人活着，他已经死了；有的人死了，他还活着。灵魂与肉体是分开的，人类之所以有所区别，并非来自肉体，而是灵魂的不同所产生的差异，也就有了高尚、丑陋、伟大、平庸、善良、卑劣之别。

这个世界我来过，我应该留下些什么？其实，这个问题才是我当务之急该有的思考。修炼我的灵魂，让自己变得纯粹些，再纯粹些。与人为善，修一个善终。

我想，当我老去，当我把内心燃烧的东西表达出来后，我的灵魂会从容地说：死神，请把我的肉身拿去吧。

三轮车边上的女人

他的嗓音很奇特，尖细、沙哑犹如有一根细绳捏着脖子。他不停地吆喝：卖桃子哦……

我常在他推的小三轮车上买水果，因为他的吆喝声特殊，我竟然被吸引。

"多少钱一斤？"

"哦……"声音从他的喉管中奋力挤压到唇边。

"他的桃子好咧，甜得很咧，都是他自己种的。"三轮车的旁边多出了一个妇女。她三十多岁，鸭蛋脸，两眼距离太宽，给人一种食草动物的感觉，鼻子过分突出，门牙大而长，不说话时嘴巴也微微张着，那一排牙齿非常显眼。

我厌弃地看了她一眼，继续挑桃："多少钱一斤？"

"我是他的邻居。我不骗你，他的桃子都是自己种的，好吃咧。"

我开始厌烦，白了那个女人一眼，冲卖桃的喊道："问你话呢，多少钱一斤？"

"哦……"他神情恍惚，黝黑的脸上堆满了笑容，但这笑容并不是给我的。他的左眼眯成了一条缝，右边的那只眼睛却空洞地瞪着，几乎看不到黑眼珠，裸露在外的白色眼球左右转动。虽然多次买过他的水果，我却从没有打量过他。他看上去是个老汉了，以我的估计应该有五十多岁，不过农村人显老，从他脸上此刻的神情判断，最起码要比我预估的年龄小十岁。

再看那妇女，一副手足无措的模样，一只手不停地摩挲着裤兜。她的头歪着，一边的肩膀耷着，似要给那颗随时准备降落的脑袋以依托。她也在笑，笑容里有红霞在飞。

我丢下手中的桃，骑车离开了飘着桃香的三轮车。

写文章的人大多敏感，我也不例外。一路上，我反复琢磨着三轮车旁边多出的这个女人，断定她和卖水果的男人之间会发生一段桃色故事。

他们也许真的是邻居，住在一个村子里，男人生活窘迫，靠贩卖水果为生，因为瞎了一只眼而娶不上媳妇。女人不算丑，之所以巴结这样一个男人，或许在婚姻上有过挫折，也说不定生性愚钝未曾寻着婆家。看他们欲语还羞的模样，桃色故事最多才拉开序幕……

我开始留心那个飘着桃香的三轮车。

"他的桃子甜咧，我才买过，好吃咧。"她在三轮车旁，若即若离。

他的笑容比我上次见过的自然了很多，招呼顾客时自在从容，尖细的嗓子依旧沙哑却透着快乐。

我停在马路对面，仔细地打量着那个女人。她有点跛，左腿比右腿短一截，当顾客买完桃子离开后，她便会拖动残腿走近三轮车帮忙把翻乱的水果摆放整齐。她并不靠近那个男人，和他之间始终隔着一辆三轮车。

自从发现女人是跛子以后，我越发相信他们的故事会有好的进展。彼此都有残疾，同样存在自卑，爱情或许可以打破他俩内心深处的孤独，相互取暖。

转眼过了卖桃子的季节，我有很长一段时间没再看到他俩。

爆米花机如今已难得看见，它像一件古董收藏在我的童年里。可是，有一天，小区门口竟然支起了一台爆米花机，一个尖细的嗓音不时传来：炸炒米哦……

一个跛足的女人在旁边忙活着，把炸好的炒米分装在透明的塑料袋中，挂在停放在路边的小三轮车上。

"炒米怎么卖？"我走过去问那个女人。

"五块钱一袋。"

她接过钱，递给我一袋炒米，一瘸一拐地走到男人跟前，弯下腰把钱塞进了男人的口袋，顺手拿过一条毛巾，帮男人擦拭了一下额头。

男人一手拉着风箱，一手转动着爆米花机，仰起头冲女人嘿嘿一笑，一只眼睛眯成了一条线，轻声说：站远点。随即站起身来，把爆米花机从煤炭炉上移开，单腿跪在机器上，奋力地从喉管里挤出一声：响啦！

砰！一股热气鱼贯进入大布袋，撑得灰黑色的布袋打了个饱嗝。女人松开扎紧的袋口，那些咧着嘴、笑得露出了金牙的爆米花们叽叽喳喳地跳到女人的跟前。

太阳落山的时候，他们收了摊，男人把爆米花机抬到三轮车上，抱着女人的腰用力一提，女人稳稳地坐上了三轮车。

我想，他们这是回家吧？他们应该已经组成了一个家，晨出暮归，搭伴过日子了。

钟晓健

楼下有一个男孩不停地在呼喊一个男生的名字，我站在阳台上看到那是一个十七八岁的大男孩。

女儿在书房写作业，有点局促不安，心神不宁的。

……

"钟晓健！"

二十五年前我家巷子里也曾有一个男生经常从巷头喊到巷尾，不停地呼唤"钟晓健"这个名字。

呼喊声招来了疑问，巷子里许多人家开了门好奇地询问他找谁，而他却不理不睬继续扯着嗓子瓮声瓮气地喊："钟晓健！"

我的母亲嘀咕道："找谁啊，这个巷子里哪有姓钟的？"

父亲一言不发，背着手穿过天井，打开大门……

喊声突然停了，显然是被吓了一跳。不过，很快又续上了："钟晓、健——"

我大气不敢出，早就听出喊钟晓健的人就是钟晓健。钟晓健一直在喊自己的名字！其实，他那是在喊给我听！

钟晓健走远后，父亲走进堂屋，依旧不发一言，意味深长地看着我的母亲，又"凶光四射"地扫了我一眼。

我故作镇定，装作很忙的样子低着头从他身边偷偷溜到自己的房间，胡乱地抓起一本书，"迅速"让自己进入小说的故事情节中。

青春期的孩子大概都是怕父母的，因为这可以说是整个人生当中私藏秘密最多的一个阶段。既然是秘密就怕被发现，所以青春期的孩子总会和父母保持一段距离，甚至会对父母的爱加以防范乃至躲避。而做父母的却不会因为孩子的疏远而疏离，对"入侵者"更不会疏于防范，特别是生有女儿的父母。

　　自从"钟晓健"成了巷子里一个挥之不去的叫声，父亲安逸的日子便消失了，他甚至戒掉了午睡的习惯，持之以恒地站在大门口。太阳下，父亲反剪双手的背影遮住了整扇大门。

　　老屋的屋檐下挂着一只鸟笼，鸟笼里住着一只八哥。这只八哥鸟特别聪明，会说的话越来越多，自从学会了简单的礼貌用语以后，慢慢不满足起来，开始自主学习。巷子里挑担卖菜的叫卖声被它学去了，家人打电话时的笑声被它学去了，甚至它连奶奶刷马桶的声音都学。"你好，再见，钟晓，健健健健……"它用沙哑而怪异的嗓子结结巴巴地喊着。我躲在房间里不敢出来，眼前都是父亲站在鸟笼前一脸阴郁的样子。

　　在父母眼里，学生时期的爱恋便是洪水猛兽，他们会不惜一切力量打压这股"邪恶"的势力，绝对不允许孩子们好奇地徘徊在伊甸园门口，窥探其中的奥秘。

　　钟晓健最终没有能够把"钟晓健"呼唤出来，在我父亲冷漠眼神的威逼下，他再不敢扯着嗓子大喊大叫。巷子里终于恢复了往日的安宁。

　　二十多年过去了，如今想想，青春期的爱恋，只不过是异性间的倾慕与向往，并非真正意义上的恋爱，它如第一朵绽开在人生中的鲜花，如初升的朝阳一样美好。假如年少时没有经历过青春期懵懂的爱情，那才是缺憾呢。

面对楼下这个男生的呼喊声我不禁哑然失笑。社会在迅速发展，人类的感情却没有进步，甚至连表达爱的方式都没有太多新意。

女儿咬着笔头，学习效率显然不高。与其让她在"秘密"中情绪不稳而耽误学习，倒不如把我青春期也曾有过的类似经历与她分享，说不定还可以解开她的心结，坦然面对这一时期异性之间因为好奇而产生的种种情愫呢。

我犹豫着走进书房，最终决定把"钟晓健"介绍给女儿。

祭我的奶奶

　　我深信这个世上有另一个空间存在，并且有轮回，一定有来世。我的爷爷去世时八十八岁，火葬那天，八十七岁的奶奶坚持要坐车去送送爷爷，家里人极力反对，因为奶奶晕车很厉害。可是那天怪了，奶奶非但没有晕车，一路上精神还非常好。我和奶奶坐一排，奶奶悄悄告诉我："你爷爷昨天夜里对我说，他会一路护着我。"说完这话，她若有所思地看向车窗，深陷在眼窝中那混浊的双眼，亮亮的。一年后，奶奶摔了一跤，再也没能站起来，卧床将近有半年的时间。在她去世的前一天，我突然做梦看到爷爷带着奶奶在一个大商场里乘坐电梯。在电梯门口奶奶掉头对我说："我走了，你回去吧……"突然惊醒，醒来的那一刹那，我清晰地听到房间里有炸裂的声音，好像是另一个空间关门或开门的动静。

　　奶奶仿佛知道她要死了，但求生的欲望却很强烈。爸爸站在她的床头喂给她一粒西洋参含片，她咀嚼了几口立刻吞咽到肚里。随即示意爸爸再喂她，接连吃了三四片以后，她发现西洋参已经接不上她的气力，深叹了口气，再也不肯吃了。这时她开始查点家人，含混不清地呼喊我的三叔，让三叔带着他的孙子来送她。她曾说过一个人只要有第四代来送，到了阴间受审时，可以免去一跪。奶奶胆小，临死时一定是害怕见到那阴间的厉鬼。我记得她躺在床上，始终背对窗户，不肯朝窗户看一眼，仿佛那里随时会有带她到另外一个世界去的鬼怪。直至家里莫名进来一个和尚，她才掉转了身平躺在床上。

说来奇怪，当奶奶的子女差不多聚齐后，门外突然来了一个和尚。和尚身穿黄色袈裟，手里拿着一只钵，径直闯了进来。我的大伯问他是否化缘，他一声不吭毫不客气地从天井里跨进堂屋，穿过人群走入房间，站到奶奶床头前，不知是冲着她还是冲着围在奶奶身边的子女们，微微点头，嘴里念念有词好像在和奶奶说话，我只听清一句："阿弥陀佛。"没等我们回过神来，转眼便又走了出去。

和尚走后，奶奶好像心安了，不再和任何人说话，闭上眼睛不愿再多看这个世界一眼，脸上的皱纹逐渐舒展开来。我甚至看到她的嘴角微微上扬，仿佛笑了。那和尚到底什么来历？为什么选择这一天"闯"进我家？他和我的奶奶说了什么？至今是一个谜。

奶奶选择了初春上路，那天风很大，春天还难得刮起那样的大风呢，香樟树的叶子被风卷起，打着旋儿跟着送葬的队伍。我知道，那是老天爷在替我祭奠我的奶奶，那些树叶是泪，那是树因为哭泣而落下的泪啊。

奶奶从小死了父母，是养父母把她带大的，她的养父是民国时期县教育局督导，家境殷实。奶奶嫁给爷爷以后，日子虽没有在娘家过得好，但依旧一副大小姐的派头，用钱阔绰。我小时候身上的零花钱要比同年的小孩多上一倍，因为我在奶奶膝下长大。

奶奶有五个子女，我们这里有个风俗，老人一般选择和大儿子居住，但我的奶奶却选择了排行老二的我的父亲。她的这个选择，我想是因为我的母亲。她曾背地里和邻居说过我母亲知书达理，话不多，是个好儿媳妇。我出生没多久，大伯的儿子也来到了这个世上。照理说，从小被裹过小脚的奶奶一定会去带孙子，而不会过问我这个孙女的。奶奶却不顾周围邻居的指指点点，坚持帮着因为工作忙而无法照顾小孩的我的母亲。我断奶以后就一直和奶奶睡一张床，直至初中。我是奶奶带大的，她对我特别疼爱，不管走到哪儿都会带上我。从小我就像奶奶的跟屁虫，看不见母亲不要紧，半天见不着奶奶，我就会哇哇大哭。

记得在我五六岁的时候，奶奶经常到我舅爷爷家串门。舅爷爷是做官的，家里条件比我们家好。我记得每次到他家去，他都会拿出很多干果招待我，就像《红楼梦》中王熙凤让丫鬟招呼刘姥姥的板儿一样。从我家走到舅爷爷家大概要半个小时的时间，白天，奶奶牵着我的手一路上或讲故事或教我说儿歌，不知不觉也就走完了半个小时的路程了。但是，晚上却不行，小孩睡眠多，天一黑就想睡觉。可是，我又离不开奶奶，只要听说奶奶要出门，不管什么时候我都要跟着，否则就耍无赖，哭闹。那时的奶奶五十多岁，精神挺好的，可是因为个子矮，再加上驼背，抱着睡着的我走那么长的路确实够呛。母亲骂我不懂事，奶奶却总是护着我说，这么小的孩子怎么会懂事？

小时候一直不明白奶奶为什么老往舅爷爷家跑，长大后才知道，她那是在为她的子女求人安排工作。做教师的爷爷天生一副傲骨，让他去求舅子办事比登天还难，所以，尽管出嫁前是闺阁小姐的我的奶奶，此时为了子女也不得不抛头露面而且低三下四……年复一年，她的孩子一个接一个有了稳定的生活离开了家，奶奶的黑发也渐渐染上了白霜。

奶奶老了，她的孩子们都做了爷爷奶奶，她最小的重孙也已会走路。奶奶再也带不动小孩了，但她却是一个闲不住的人，每天都会出去走走，到孩子们家里去看看。见到重孙、重孙女会悄悄塞钱到他们的口袋中，被发现了，她总是笑着逗重孙说："老太没用，一辈子没工作。这钱都是你们爷爷奶奶给的，老太老了，没地方用钱啰。"出手依旧阔绰。晚年时奶奶去得最多的地方是她大女儿的单位，因为离家不远。摔跤后，尽管做了手术，但她还是不能下床。甚至，我想用轮椅推着她再到外面走走，都是不可能的了。她最后的时光是在一张可以升降的床上度过的。

奶奶和爷爷合葬在一个墓里，在安放奶奶骨灰盒的那一刻，我突然想起了那天的梦，爷爷牵着奶奶的手走进电梯，这电梯一定是往黄泉路的。那天夜里我清晰地记得奶奶比任何时候都有精神，背也不驼了，仿佛五十来岁的样子。她笑着和我道别，她不再害怕，因为爷爷始终在等她，黄泉路上有人陪伴了。

奶奶死后我一直想写一篇文章祭奠她，可是，总感觉不能写好，一搁就是七年。这七年里，奶奶再没入过我的梦，她知道我爱哭，她是怕我时时惦念她而哭泣，她是希望我忘记她好好过自己的日子啊。然而，每当节日，每当香樟树开始落叶时，我就会深深地想念我的奶奶。

铁观音

　　他专注地醒着茶，不让我插手。因为没有适合的茶具，那一包铁观音只能"委屈"在一个超大的杯中。或许是少了束缚吧，浑圆的茶叶瞬间被激醒了，迫不及待地舒展开来，我甚至能听到它们在遇到沸水时的那一刹那的轻吟。

　　他提着开水，一丝隐隐漫及唇边的笑意荡漾着，让坐在一边的我情不自禁地跟着他喜悦起来。我静静地等待着铁观音那特有的香味儿。他仿佛明白我的心思，转过脸来，微笑着看了我一眼，继续冲茶的动作。壶嘴轻放在杯口缓缓提起，然后猛然冲泡下去，悬壶高冲意在扬香，那茶叶在开水的激荡下，散逸出的香味竟然透着"尖锐"的霸气，刚性十足。

　　倒了一杯茶递在我的手上，他便自顾自地端起另一只茶杯，温温柔柔地啜了一小口，眼中布满了舒适。四散的茶香萦绕在鼻尖，我深深地吸了口气，浅浅地试着茶温，小心地让茶水在口中逗留。瞬间，齿间就布满了它的清香，润滑的茶汤瞬时入腹显得那么干净利落，那种霸气的先苦后甘的畅快让我轻叹。抬眼看向他，却发现他正认真地看着我，眉毛轻扬，浅浅的笑意写在自信满满的脸上。"很好喝对吧？铁观音就是大气！"他似乎不需要得到我的定论，一边说着一边续水，示意我再品二泡的茶汤。

　　认识他是从博客开始的。他的博客不像一般人那样记点心情、发点牢骚，哼哼唧唧地想写点啥就写点啥，哪怕文理不通，只是在自娱自乐。他的博客倒像是本书，一篇篇文章很有分量。徜徉在他的博客中如同读书，阅读他的博文就好像在看杂志上的文章一样。这样的博主令人佩服，但同时又会对这样的博主心生出好些敬畏，只能远观而不敢亲近。得到他的散文集时，我们还没有真正意义上的接触。厚厚的一本书，像成长史一样展示了他的人生历程，读书的同时其实也是在读他。

他是一位作家，学术专著、个人散文集一本接一本问世。得到他寄来的第二本书时，我们已经通过 QQ 与电话聊天而彼此了解，算作是朋友了。再后来，在一个有雪的冬天，接到了他的电话，他说他在一个离我的城市非常近的地方开会，想过来喝杯茶。

我去车站接了他，因为离午饭时间已经很近了，就没带他去茶吧，直接去了饭店，让服务员倒了两杯茶来。他看着玻璃杯中绿色的茶水，愣愣地问："可不可以重泡一杯？"说着便从包里取出一袋茶，招呼服务员找来茶具，不由分说地自己动手泡起茶来。

那是我第一次喝铁观音。一直以来我是喜欢喝绿茶的，不仅喜欢绿茶的清淡与柔和，还欣赏它在杯中所呈现出的优雅与轻盈的姿态。对于铁观音的浓烈我一直不能接受，那肥厚的叶，完全舒张在壶中的姿态，似秋风吹落的残叶一般。每次见着它在杯中的样子，总觉得那茶叶已老，芳华已逝，心中会有种说不出的辛酸，莫名地就会因此而怅然若失起来。

"喝点茶。"他非常礼貌地伸手指向茶杯。我端起茶杯，抿了一小口，顿觉茶汤醇厚甘鲜，少了绿茶的青涩，多了柔、润，甚至有一点点油的感觉覆盖在舌尖。"很好喝。"作为主人的我倒像是在做客了，有些不好意思。岁月在我们的身上或多或少地留下了些痕迹，他的眼角有了淡淡的鱼尾纹，身材也略显富态。然而，他眼中的自信，展示着深沉积累的内涵，是那么的厚重那么的丰富，如口中的铁观音，回甘带蜜，韵味无边。

一边喝茶，一边听他神聊，不知不觉地走进了他的世界，心中暗赞他的博学。茶过三泡，越喝越觉出"观音韵"的玄妙。那几辈茶人、学者都无法用文字表达出的"观音韵"，在那一刻大概也只能是只可意会，而不可言传的吧。

"铁观音"是乌龙茶中的"极品"，香高而持久，汤浓而清澈，闻其香，尝其味，边啜边闻，浅斟细饮，突然发现我竟有些喜欢上了它，甚至觉得那茶香似曾相识，再看壶中那粗大的叶片，似有了丝绸的色泽，令人心怡神醉。

……

"想什么呢？来，再尝尝这三泡的茶汤。有人说过三泡的茶汤一样霸气，但有了女人味，如绝代风华泼辣的少妇。"

饮茶微醺，胜过酒醉。眼前的他，人到中年，既有未曾泯灭的豪情，更有感受荡涤尘埃后的平静心态，从容而淡定。

爱上了一种茶会慢慢地接受它的味道，还是那杯铁观音，再品之，顿觉口感胜过初尝，那特有的香味、别样的滋味让我迷醉。品尝着杯中的茶水，一杯接一杯地喝着，犹如遇着好酒般，让我显得有些贪杯。

他

　　他，生意人。受过高等教育，常和我这个爱好写点矫情文字酸文假醋的人叫板，骨子里那股尚存的书卷气在作祟，要和我比比谁酸，而且要酸出滋味来。

　　"那我岂不是要称呼你先生？"

　　他摇头晃脑，双手往后一背，踱着方步，嘴里念念有词："有理。"

　　"先生"一词在各类词典里的第一解释是老师，也是对有学问、有声望的人的尊称。夫妻间用"先生"这个称谓，让人想到的是相敬如宾。但仿佛过于客气了，把本来亲密的两个人拉开了一段距离。这个称呼还会让人想到旧时中产阶级的阔太太，手持小坤包，忸忸怩怩，娇滴滴的模样，介绍先生时，显示出了自己文雅的一面，但也许会落下个矫情、虚伪。

　　"那你就称我爱人吧，很贴切。"他一脸笑容，眼睛眯成了一条线。

　　"爱人"，最早出现于新文学作品之中，由于"五四"时期的一大批文人的推动，很快被广泛地推广起来。但是，"爱人"直译成英文之时就是 Lover，那是情人的意思。所以，在介绍给别人的时候，不知介绍的到底是自己的丈夫呢还是情人。再说了，"爱"是一种深沉的情愫，成天地挂在嘴边会不会亵渎了它的尊贵？

　　他一愣，不再踱步，大手一挥说："叫丈夫，正规。"

　　一个女人把一个男人称作丈夫，那是法律行为，建立一个家庭的必备条件之一，对此命名敬畏当之；但好像少了点甜蜜，一副公事公办的口气，如同革命同志似的，死板，缺少柔情。

"那……老公?"在我一再的"狡辩"下，他的语气明显不再自信。

哈哈，据有关书籍记载，"老公"一词，最初是用来称呼宦官的，最早的身份，那可是太监。当你明白了这词的含义后，再听到港台电影中那嗲里嗲气的声声呼唤，不知道会不会把那被称呼者往古代宦官那边想去，而有点别扭的感觉呢?

他突然拖着长音，如戏曲中的小生般沮丧地欲逃离我用语言筑起的围墙："娘子，你相公输了，以后随便你喊什么吧……"

"等等！这一称谓好！让我感觉仿佛早已和你相识，像许仙与白娘子一般，认识有一千年了，哎，别走，相——公——"

其实不管叫他什么只不过是一个称谓，和他一起走过的日子会留下许多回忆，这共同拥有的回忆，无法转让，甚至无法传于子孙，只能留着两人慢慢回味。

折磨人的小高考

今天是公布小高考分数的日子。

上午女儿上学后，我在整理她的床单时发现，她的枕头是湿的。估计这一夜她的睡眠质量够呛。中午，我很想问问她的学籍号以便上网去查询成绩，但看到她那副忧心忡忡的样子，我咽回了到嘴边的问题。

还记得上个月17号，我送女儿去考场。一路上，她没有说话，神情肃穆。为了减缓她的压力，我唠叨着让她不要紧张，还故作大方地说："别怕，考不好也没关系。这个考试不是最终决定你命运的高考，过不了关，大不了补考就是了。"她不理我，始终不发一言。到了考场大门口，那里聚满了学生与家长，很多孩子如我的女儿一般，脸上没有笑容，苦巴巴的。时间到了，我接过她手中的书本，发现女儿的小手冰凉，很想再安慰她几句，可是，她丢下书本头也不回地随着人流走进了考场。我目送着她的背影，当她的身影消失在我的目力所及范围之外时，那在我心里早就汇集成河的泪突然猛冲上来，不管不顾地哗啦啦直往下滴。为了掩饰失控的情绪，我低着头，快速启动了车子，逃离了那个让我感觉如战场的地方。女儿进入考场的背影像战士，像赴死的战士一样悲壮。

我没有办法改变中国的教育体制，我只能像一个帮凶一样，每天都在逼迫她学习学习再学习，剥夺了她游戏的权利，挤榨着她那可怜的休息时间。我像一个巫婆一样狠心，肆无忌惮地理直气壮地虐待着我的孩子。进入高中以后，女儿变得非常沉默，每天和我说不上几句话，大多时间在啃书本，要不就是在补睡眠。她也常常抱怨太辛苦，但我总是板着面孔教育她说："每个人都是这么过来的，我也是。"其实，我说这话完全是在撒谎。我们那个时候的学习要比他们轻松多了，家长也没有逼着我们必须要考进大学。和我年纪相仿的人，很多都没有进入高校学习，其中不乏优秀人才。如今，这是怎么了？怎么到了我女儿这一辈，他们的学习压力如此之大啊?！每年看到大学生如潮的应聘队伍，我就会有莫名的紧张，我把我的这种紧张、我的焦虑一股脑儿地转移给了我的女儿。我太自私了！我是一个狠心的妈妈！

女儿去午睡了，我盯着电脑屏幕发呆，心里装着分数，什么事情都做不了。我一直在自我安慰：会知道成绩的，大不了晚一点。老天保佑，让我的女儿过关吧……正当我像念经一样地不停嘀咕时，女儿突然冲进了书房，推着我说："妈，我睡不着，让我查一下分数！"我站起身来，把电脑让给了女儿。女儿点着鼠标，很熟练地打开了江苏教育网站。我想，这个网站她一定进入过无数次了。可能是由于紧张，几次输入学籍号都是错误的，女儿急得鼻子上冒汗。我发觉她的脸都涨红了，心疼地说："算了，下午分数就到学校了，别查了。"女儿没有停止尝试，反复地输入着。突然电脑显示屏上显示，进入了查询页面，我赶紧俯下身体凑近电脑，在我还没看清分数时，就听得女儿一声喊："啊！过关了！"那声音是跑调的，估计再高一点点上去，一定会岔了气而发出破音来。我问："哪儿?"女儿一会儿站起一会儿又坐下，为了回答我的问话，她憋了半天没发出声音，只用指头指着屏幕，哽咽着。我听到她的喉咙里有呜咽声，紧接着，她竟突然一头趴在书桌上号啕大哭。这一声哭，憋得太久了，从上个月18号走出考场，她一直怀揣心思。我知道她比任何人都害怕补考，虚荣心是一方面，更多的我想她是害怕需要投入复习的时间，也许这个时间的占用将直接影响到接下来的最后冲刺。这近一个月的等待，对于女儿来说是多么大的一个折磨啊！我被她感染了，一会儿笑一会儿跟着她流泪，还一边拍着她的背说："傻丫头，过了，过了呀，还哭？"

孩子的爸爸也从床上起来了，看着哭成泪人儿似的母女俩，他笑着说："都快成神经病了！"

是啊，都快成神经病了。我想，有考生的家庭都是不正常的吧，我们的神经时时刻刻都紧绷着，我真害怕被中国的这种教育折磨成真的患者。离高考还剩下一年半的时间，这梦魇般的日子快点过去吧！

给女儿的一封信

亲爱的女儿：

再过十来天就是你十七岁的生日了，一直想给你写封信，可当我真正拿起笔，却不知从何说起。那个在你眼中滔滔不绝的妈妈眼下却变得木讷起来，甚至还有一丝惶恐与不安。

从哪天开始我们的关系由母女变成朋友了，你还记得吗？我可清楚地记得那天的情形。当时，我把你当成大人似的，对你倾诉着我的苦恼、我的快乐、我的理想，我的人生计划。你瞪大了眼睛看着我，那眼神从吃惊慢慢变成了得意。后来，我甚至从中看到了某种使命感。女儿，当时的我暗暗惊喜，我惊喜地发现，我的女儿就在这眼神的转换中长大了。我同时暗自庆幸，我用这样的方法"俘获"了即将进入青春期、将会变得叛逆的你。

都说，孩子不管多大，在母亲的眼中永远都是孩子，我却不这么认为。孩子长大了就是长大了，这样的现实不容回避，必须面对。我常常对你说，你是独立存在的一个人，你只不过是借我的肚子来到了人世间，我只比你早来了二十多年罢了。我们是一样的，必须承受生活中所有的磨难。亲爱的女儿，我不想用"你永远是我的孩子"这样的话理直气壮地束缚你、管教你，我更愿意你对世界、对人生有自己的思考，对美丑善恶有独立的判断力。当然，我毕竟比你先行体会到了人生的酸甜苦辣，生活的经验必定比你丰富，所以，我的建议还是值得你去接纳与思考的。

　　还有一年的时间，你就要高考了。这一年，必定是艰辛的一年。学习的过程中必定会遇到很多困难。面对困难，我们无可回避，我给你的建议是，战胜它，决不退缩。还记得中考吧，你没有能够考进自己理想的学校，我问你怎么办，要不要读高中，要不要继续学习？你诧异地瞪着我，像看一个火星人似的。女儿，你知道吗，妈妈那是在给你压力啊，可以说是人生中的第一个压力。你说，怎么能够不上学了？必须上啊，别无选择！是啊，很多事情都是如此，既然别无选择，那么我们就勇敢面对吧！

　　十七岁的你正处于花季。青春期，多美的字眼儿啊！你说，你可不想白白浪费了这么美好的一段时光。我知道你指的是什么，无非是觉得学习太苦，太枯燥，每天除了学习还是学习，大把的好日子都耗费在学校里了。或许，你的心里正在憧憬或是酝酿着谈一场恋爱？别害羞，也别急着否认。青春期的孩子，向往一场恋爱是正常的心理，一味地压抑一个孩子正常的心理需求会使他的心灵变得扭曲，也许短时间内看不出后果，但肯定会留下心里的阴影。要知道，我也有过青春期，不期而至的欣喜，莫名的忧郁，对异性朦胧的好感……在这一段人生历程中反复呈现。我知道有男孩子给你写情书。那天，看到你独自在房间默默地看着一沓信纸时，我就明白了。你问我怎么不查点查点书信的内容，我的傻女儿，早在二十多年前，妈妈也和你一样被人偷偷地喜欢着，你现在所经历的，我一样经历过了呀。都说知女莫若母，现在你明白这句话的真正含义了吗？当年我也像你一样偷偷地写着日记，把那些无法对父母对朋友讲述的情感，一股脑儿地倾倒在那本小小的日记本中。所幸，我有一个善解人意的好妈妈，你的外婆懂得如何教育孩子，从没有偷看过我的日记，而是常常跟我讨论交友之道，并用她自己的青春历程来佐证。她相信自己的女儿，同样也是自信的表现。你说对吗？我安全地度过了让很多家长谈虎色变的青春期。这么好的经验，我为什么不拿来一用呢？

你说，你绝不会早恋，让我不要担心。我一直认为你是一个有修养、有主见、有正确人生观的好孩子，从没有担心过你会做出格的事情。但是，你有没有觉得，你或许迷恋那种被人喜欢的感觉，进而有些乱了心性？这一乱，偶尔会让你上课走神，还会影响到你的睡眠。我建议，对那些来信采取冷处理的方式，集中精力完成学业。当你学业有成后，当你有了更多的人生阅历后，再回头看看这些懵懂少年的来信，再读一读你珍藏的日记本，我想，你一定会哑然失笑，当年你们是多么幼稚，多么不成熟啊！

女儿，你已经很长时间没有谈论起你的理想了。别急，我知道，你一定会反驳，明明是我不允许你好高骛远地计划人生的，怎么突然又提起呢？是啊，从小，只要你一开口说，长大了要当什么什么时，我总会说：先别长大了，看看眼前的下一个目标是什么。是的，有时候，我提出让你为进入一个好的学校而努力，为期末有一个优异的成绩而发奋，甚至为了一次文艺会演，做些务实的准备工作。亲爱的女儿，你知道我为什么这么做吗？孔子说：吾十有五而志于学。他认为人在十五岁之前是浑浑噩噩的，到了十五岁时才会对人生有个正确的认识。所以，现在你必须对未来有所规划，你要往哪里去？一定要认真思考。美国耶鲁大学做过一项研究，让成绩并不优秀的一小部分学生确立自己的人生目标。二十年后，学校对这些学生进行调查时，发现他们比当时成绩优异而没有确立人生目标的学生，生活得更加富裕，人生也更为精彩。当然，人生的规划并不是一成不变的，面对未来，面对种种社会现实，规划需要修正，需要调整，需要设定更新更合理的人生目标。

　　我亲爱的女儿，再过一年，你就要离开我们去外地求学了，在未来的四年里，我将失去一个我一直珍视的谈话伙伴。我多么喜欢和你并肩走在花园的小径上，晚自习后你搂着我的腰一起骑着电动车……天南地北神聊，谈论你的同学，述说我的烦恼，偶尔也会拌拌嘴。但我们的对话都是那么有意思，你慢慢变得幽默，看问题越来越尖锐。这让我欣慰，并不是所有的人都具备这两种宝贵的品格。女儿，你曾经开玩笑说，你可以编写一本妈妈语录。这说明，你同样把我当成了一个可资谈话的对象，对吗？

　　写完这封信，我突然发现，待你外出求学时，我们书信往来，不是可以将这种对话很好地延续下去吗？

　　今天我翻看了日历，巧的是你今年的生日恰逢母亲节。我想问问你，是我给你过生日呢，还是你给我过节？我想，你一定会说，我们相互祝福，一起度过这个美好的日子，是不是？

　　好了，让我提前祝福我节日快乐，祝我的宝贝生日快乐！

　　　　　　　　　　　　　　　　　　　　　　　爱你的妈妈

　　　　　　　　　　　　　　　　　　　　　　　2012 年 5 月 3 日

絮 叨

宝贝：

昨晚睡得好吗？有没有蒙着被子哭？第一次离开家独自过集体生活，开始几天可能会不适应的，当然也有例外，或许因为环境的改变而让你兴奋也说不定呢。这就像有些小孩第一天上幼儿园不知道哭，过几天以后才发现陌生环境中没有了熟悉的人，这才想起妈妈，哭的时间反而较长。但愿你是前者，哭完了，宣泄了悲苦，接下来的日子就会好过很多。

从一个环境到另一个环境，不知你会不会水土不服。我想应该不会的，年轻人很容易适应新环境。不过，还是要小心一点，穿适合的衣服，现在既是环境变化，又是季节变化，很容易生病。

苏州人吃得比较甜，不知道你能不能适应。不过兴化与苏州只是一江之隔，生活习性应该是没有多大差别的。况且我们的祖先都是苏州的移民呢。

你知道兴化有"江北小苏州"之称，我带你看过四牌楼上的牌匾，兴化有多少名人，数一数匾额就略知一二了。等你学校的事情安排妥当后，不妨去苏州的沧浪亭走走，那里有名贤画像五百余人，刻在石头上，叫作"五百名贤祠"。看过后，你或许立刻就会想到家乡的四牌楼，你会觉得四牌楼与苏州的五百名贤祠是遥遥相对的。

我们兴化人说某人睡着了是怎么表述的，还记得吗？"上苏州了"。

睡着了怎么就上苏州去了呢？魂牵梦萦都要回家乡去啊，这是几辈人600多年的乡愁啊。

如今，你在苏州求学，若睡着了，我该如何表述？还说"上苏州了"？哈哈。

你们的学校是老校区，宿舍条件相对简陋，比起家里来肯定有若干不方便。不过，人类是最能适应环境的动物，你看，北极那么恶劣的环境中都有人类生存。当然，我说的适应环境，还有人际环境哦。

你的室友有三位是苏州人，苏州人往往自我感觉良好，他们几乎看不起所有的外地人。他们不轻易与别人成为朋友，他们在和陌生人接触时表现得往往比较冷淡、客气。然而客气的后面，其实是警惕与疏远。所以，同苏州人成为朋友很不容易。不过，我想假如他们一旦和你成为朋友了，就相当可靠，因为他们对你不再戒备。

达尔文说过："适者生存。"人生在世不可能要求环境来适应你，而是你去适应环境。为了能够更好地生存而进行一些心理上、生理上以及行为上的改变还是有必要的。你认为呢？

暑假在家，你都是迟睡晚起，如今不能再这样了。要按学校的作息时间行事，要按苏州人的生活习惯行事。我们要入乡随俗，对不对？同时，这样对身体也是有好处的。

从今天起，你将面临人生中若干的第一次，比如，第一次吃食堂，第一次自己洗衣服，第一次求人办事，第一次讨好别人……我想，如果你把这一路所经历的事像"过电影"一样做一个记录，为以后积累经验，未尝不是一件好事呢。毕竟人除了读书，生活经验才是最宝贵的财富。

絮絮叨叨这么多，不知道你嫌不嫌我烦。问你爸有什么要对你说的，他说："有你这个啰唆的妈，女儿就已经够受的了。我不多说了，只告诉她，保护自己，注意安全!"

妈妈
2013 年 9 月 8 日

面　试

　　研究生复试最后一个环节面试中，考官突然提问女儿："请你说说你的家庭对你的影响。"女儿不假思索张口就说："小时候我的妈妈总是逼着我学很多东西。她对中国传统文化有浓厚的兴趣，因而也逼着我学习琴棋书画，还常常给我灌输一些她喜欢的历史知识。说实话，我对妈妈的教育是排斥的。当初选择大学与专业也是她一手包办的。开始时我恨透了苏州，恨透了与她一样文艺到矫情的苏州……"

　　女儿的话没说完，考官们就开始笑了，并且有老师在低声交流。她有些紧张，感觉到自己可能说错了话，这样的回答或许会让考官们觉得面前站立的是一名具有叛逆性格的青年，而且她除了不爱自己的妈妈还不爱这个专业。可是女儿因为话已出口，无法收回，索性率性而为，说他个痛快。

　　"我的妈妈非常独立，也很努力，做事果断。虽然我不喜欢她给我做出的选择，但为了摆脱她的魔掌，我还是义无反顾地来到了苏州。没想到经过几年的学习，我竟然深深爱上了这座城市，也爱上了园林景观设计这个专业。"

　　有一个考官一直面带笑容，可能他还沉浸在女儿之前的话语中，见女儿停止了回答，说道："你刚才一直在说你妈妈对你的负面影响，能不能说一下你妈妈对你正能量的影响呢？"

　　女儿搜肠刮肚思考良久，考官们又笑了。这时她说："因为妈妈也是做老师的，所以从小她就教育我不要怕老师……"

考官们全部哈哈大笑起来，提问的那个老师说："这么说，你不怕我们啰？"

女儿红了脸忙不迭地说："我怕呢，很怕，现在手心都出汗了。"

面试结束后，女儿给我打来电话，开口就道歉说今天面试时说了我很多坏话，然后就把以上的内容复述给我听。出了考场以后她才开始害怕，担心今天的这番话会影响面试成绩。

为了安慰她，我给她做了分析："你说对我的教育是排斥的，这个回答没问题。敢于说真话在当今中国是非常可贵的。虽然你说了排斥我的教育，但从小所学的技能、知识，以及我对你的影响都已经深入你的骨髓。考官们可能从你的言谈举止中看出素质与修养。至于你自黑与抹黑妈妈，这种敢于自嘲的人，其实都是心理强大、自信心十足的人，反而更具魅力。有趣的人比起木讷迂腐的人来更容易被人认可与接受。"

"你所说的都是实情，没有矫揉造作，我估计考官们一定会给你加分而不是减分。假如，这个学校的考官否定你的真诚，那么你觉得这所大学还值得你留恋吗？"

女儿心安了不少，又开始没心没肺地和我神侃起来。我忍不住问她："我什么时候教育你不怕老师了？这话说出来不是很没礼貌，有点狂妄自大吗？"

她听了却大笑起来，振振有词地说："虽然，你没有直截了当和我说过不要怕老师的话，但你和我说过人与人是平等的话呀，不管他做多大的官，首先他是一个人。不畏权贵这句话你说过吧？老师在学生的眼中不就是官吗？"

女儿善辩，都是从小与我斗嘴练出来的。

最后一个环节的面试能不能通过将直接影响她是否可以读研。女儿有点忐忑，但我信心十足。果然，成绩出来了，女儿还将继续三年研究生学业。

老屋的记忆

老屋一直空着，父亲不愿意出租，因为天井里有一丛百年的牡丹，还有几株梅花，数竿斑竹，一缸睡莲，这些花花草草需要懂它爱它的人照顾才行。父母每天下午都要回老屋一趟，浇浇花，除除草，修修枝，然后坐在屋檐下说会儿话。

传闻城市改造要涉及老屋，不舍之情顿生，趁着闲暇，去老屋看了两趟。

鲁迅有一个百草园，读到那一篇文章时，我就很想到绍兴去看看。因为，我感觉自家的天井像极了鲁迅的百草园。城市里长大的孩子接触不到田野，也就少了很多野趣。人离开了自然，会缺少灵性，天井自然而然地成了我接触自然的好地方，骨子里的那一份野性唯有在一方天井里释放了。百草园是鲁迅的乐园，老屋的天井是我儿时的乐园。

天井的西边有一个很大的花台，花台内的牡丹花已经有一百多年的历史了，每到开放的日子，大门关不住春色，引得邻居们过来赏花。索要是常有的事，尽管花儿开了几百朵，但父亲舍不得，却又禁不住母亲的劝说，剪了几枝送人。得了花的人笑容满面，连声道谢。

牡丹谢了，睡莲又开；睡莲开罢，丁香复来；石榴红了夏，素心兰香了秋；到了严冬，还有蜡梅送上缕缕馨香。老屋的天井热闹得很，它成了花的舞台，各种虫子的天堂。

父亲没有儿子，从小就当我是男孩在养，女孩原本应该有的文静性格在我身上渐渐退去，我变得越来越外向，而且很淘。被父亲惯养着，我成了家族里一群孩子的头儿。春天带着七八个小姊妹去公园逮蝌蚪，然后放养在天井中的大水缸里，到了雨季，那些由蝌蚪变成的青蛙，成了天井的主角，呱呱、呱呱，高音、中音应和着唱起了欢快的歌。天井中除了青蛙还有各种昆虫，什么金龟子、屎壳郎、豌豆虫……小时候我的胆子很大，无论什么昆虫都敢捉来玩儿。有一次在牡丹花的叶子上发现了一只浑身长有绿毛的虫子，我毫不犹豫地用手去抓，结果手被它身上的毛蜇得痛痒难耐，母亲买来膏药，粘了很久才去除干净。从此，长着牡丹的花台成了我的禁地，哪怕花儿开得再艳丽，我也不愿靠近它了。

墙头上的一排仙人掌尽管满身是刺，我却是不害怕的。仙人掌结出的暗紫色果实诱惑着我，听说这果实可以吃。儿时饭吃饱了，便再没有别的零食可吃，好几次想让大人摘下来一饱口福，可是父母不能确定是否可以食用，我和妹妹只好仰着头眼馋地望着它们。

那果实越来越饱满，一颗一颗像红宝石似的泛着光泽。乘大人不在家，我用晾衣服的竹竿打下，宝贝似的拿回到屋内。小心翼翼地撕开皮，果肉也是紫红色的，汁很甜，有一丝涩涩的味道。正当我和妹妹庆幸既品尝到了美味又没有被刺着的时候，我突然上吐下泻。医生说，仙人掌的果实没有毒，大概是没有洗干净，吃坏了肚子。

老屋是扬州地区传统民居的格局，三间瓦房仅中间一间向外开门，称为堂屋。堂屋是家人起居、招待亲戚或年节时候祭祖的地方。堂屋两侧的房间仅向堂屋开门，形成套间，我和妹妹就住在堂屋西面的套间内。

到了晚上，清冷的月光穿过木格子窗户散落在房间内，整个世界变成了黑白两色，墙上老旧的字画，在月光中变成了白墙上的补丁。"补丁"后面隐藏着不少生灵：壁虎、衣鱼、蜘蛛……它们每晚都会趁着夜色悄悄地跑出来窥视着躺在床上的我和妹妹。

有一次父亲出差，外面下着大雪，母亲让我们睡到了她的床上。半夜，我被一阵窸窸窣窣的声音惊醒了，平时我可是不敢睁开眼睛的。这一天仗着有母亲在，我壮着胆子把眼睛眯开一丝缝隙来。我看见床边有一只老鼠！不，不是老鼠。窗外的雪把房间映得很亮，我清楚地看到，那个"怪物"比老鼠要大一些，身体肥硕，浑身漆黑，耳朵是圆的，眼睛在夜色里透着绿荧荧的光。它盘坐在地上，前面两只小爪子半举在胸前，上下牙不停地在咬合，发出清脆的"咯嗒咯嗒"声。我不怕老鼠，但我害怕老人们说起过的"老太爷"。这"老太爷"其实就是黄鼠狼，据说是仙，每户人家都住着这么一位"仙家"，有些人家还会供奉它。床前的怪物会不会是老屋里的"老太爷"呢？这"老太爷"会不会显出人形来或变作吓人的模样呢？突然间我的牙也如同这怪物一般咯咯地撞击起来。我一手捂住嘴巴，伸长了另一只胳膊，越过妹妹去推母亲。

母亲说："睡吧，是老鼠。"

母亲早醒了，见惯了和我们一起生活在老屋里的生灵。母亲不害怕，我们还害怕什么呢。

老屋里还有蛇。

父亲属老鼠，说蛇是他的天敌，只要看见房梁上游动的蛇，定会拿来衣叉作武器，赶走或者打死。

我怕蛇，一听说家里有蛇，我定会第一个冲出屋子，跑到巷子中去躲避。白天可以跑出老屋外，夜晚碰见蛇该怎么办呢？

那是夏天，我和妹妹一人一头睡在床上，妹妹很快就睡熟了。我迷迷糊糊正要入梦，忽然听到一阵沙沙声。开始以为下雨，没太在意。但这声音时缓时急时停，我静心聆听了一会儿，突然意识到这是蛇在房梁上游走，蹭到了裱在屋顶上的白纸，发出的摩擦声。

我睁大了眼睛盯着屋顶，什么也看不清。我想逃到父母的身边去，但我不敢把手伸出蚊帐外拉亮电灯。身体由于紧张而紧绷着，我奋力地从嗓子里发出惊恐的声音："爸，你快拿衣叉来……"我的声音细小，颤抖着不敢说出那个"蛇"字，我担心蛇听到了我在说它而向我飞扑过来。过了一会儿，我听到父亲起床的声音，听到他开了堂屋门去拿衣叉的声音，听到他走进我房间的脚步声。就在父亲拉亮电灯的时候，我看到一条大蛇静卧在木椽上，身体上布满了菱形的花纹，褐色与白色间隐约夹杂着红点，竟然跟我们睡的床差不多长。父亲站在床边，用衣叉对准蛇头猛力刺去，蛇躲避着，终于掉了下来，就在它掉落的一瞬间，我看到它的肚皮是白色的，那白色令人心颤。蛇顺着蚊帐滑落到了妹妹的头顶那边，若不是蚊帐挡着，定会落在妹妹的脸上。我吓得坐了起来，尖叫声惊醒了妹妹，她揉着惺忪的双眼，一脸迷糊地望着我们。

那条蛇跑了，后来我再也没有见过它。父亲说，这蛇其实一直住在老屋里，不曾离开。他回老屋浇花的时候看到过它在屋顶的瓦楞里。

老屋旧了，虽然进行过几次修缮，但那份古朴与沧桑依旧。在老屋里生活的那二十多年的日子，平淡却很充实。如今老屋空着，拆迁对于我们来说其实是最得利的，但心中的那份不舍之情却随着老屋的即将逝去而越发强烈。

站在天井里环顾四周，那些远去的日子似一幅幅水墨画卷呈现在眼前，它们将携着一缕清风一并缀入岁月的书简。

一双白球鞋

  我出生在计划经济年代，那时候家家都过着穷日子。小时候穿的鞋一般都是奶奶或者母亲手工缝制的布鞋。鞋底用碎布头涂上糨糊晒干后一层层地摞在一起，然后用白色的线一针一脚细细地纳过去，直纳得满是细小的疙瘩如满天星星一般。这样的鞋子是不能踩水的，一旦鞋底沾水，鞋子就不再暖和了，要晒上好几日太阳才能干。那时候一个人一季只有一双鞋，若弄湿了受罪的只能是自己。不知道为什么，在我的记忆中因为鞋子踩到水洼致鞋底潮湿的日子仿佛很多，挨骂被打的时候也就多了起来。直到现在我都不明白，为什么那时候地上总是有那么多的水洼呢？

  拥有一双可以到处行走的球鞋便成了我们儿时最大的梦想。

  我刚上小学那会儿，大多数的同学穿着家里自己做的布鞋。若谁有一双球鞋那可是一件值得炫耀的事。即使是体育课上，能够穿着球鞋去上课的学生也只是少数。球鞋在那个年代是与革命挂钩的，只有军人才配拥有。军绿色的球鞋在过去被叫作"解放鞋"，谁的脚上蹬着一双"解放鞋"就如同解放军一样威武了。

  我上小学一年级的时候就拥有了一双这样的鞋子，倒不是因为家里条件比别人家好。那个年代，即便条件好一些，也好不到哪里去，家家都是一样的，买什么都得凭"票"。我的那双球鞋是一双男式的洗得发白的解放鞋，它是我北京的一个表哥穿剩下的。那双球鞋很大，为了能够穿着它去上学，我往鞋子里塞了两双袜子，脚尖顶着填充在鞋头里的袜子，虽不舒服，却洋洋得意。

当我把这双鞋穿白了脚以后，大街上、学校里突然流行起了一种白色帆布鞋面、橡胶鞋底的球鞋，俗称白球鞋。母亲说白球鞋不耐脏，刷几次鞋面就破了。还教育我说，流行的不一定是最美的，而且寿命不长，不久必将被淘汰。

"六一"儿童节快到了，老师规定在节日当天，每个学生必须穿着统一服装：白衬衫、蓝裤子、白球鞋。回家后我把老师的话当圣旨一样传达给了家长。母亲带着我到裁缝店里做了一身衣裳，但不知道为什么却没有给我买白球鞋。节日当天，母亲说是忘记了，我不信，哇哇大哭着不肯上学。这时，做教师的爷爷说，他有办法。

爷爷把我那双军绿色的球鞋拿在手上，取了一支白色的粉笔，像指挥作战的大将军一样一笔一画地涂抹着，很快绿色的球鞋像被施了魔法，如同战败的士兵披上了白袍以示投降。说来奇怪，穿上白袍的球鞋一下子就失去了过去的威武劲儿，变得卑微、沮丧而且弱不禁风起来，稍微用点力，白色的粉笔灰便会纷纷扬扬地掉落下来，好像害怕被枪决的俘虏在瑟瑟发抖。母亲哄骗我穿上变了色的球鞋，送我去了学校。

如今我已经记不得那天上午在学校里是如何度过的了，只记得中午回家后哭闹得比上学前还要厉害，说什么都不肯再穿那双花了脸、白一块绿一块如同得了白癜风一样的球鞋了。

姑妈在医院上班，她是奶奶搬来的救兵。人很奇怪，在物资匮乏的年代，人的创造力与想象力是空前的。奶奶之所以喊来姑妈，就是看中了她可以从医院里要一些白色的医用胶布。奶奶是一个细心的人而且做鞋很拿手，她先用剪刀把胶布剪出鞋样来，然后才慢慢地小心翼翼地把剪好的胶布往鞋面、鞋帮上贴。为什么要小心翼翼呢，因为如果胶布贴得不正，撕下来再贴的话就有可能不平，中间还会留有气泡。你可以想象，用胶布贴好的球鞋再怎么服帖也不可能像真正的白球鞋一样。我怎么看它怎么觉得别扭，虽然它不再像投降的士兵那么死气沉沉，已经恢复了原有的英雄气概，但这个英雄却身负重伤，被绷带层层包裹得只露出鼻孔出气了。

　　小时候经常听大人说一句话：夹着尾巴做人。一直认为这句话是错误的，人没有尾巴怎么可能如动物一般因为害怕而把尾巴藏起来呢？那一年的"六一"儿童节，我对这句话有了自己的理解，人类是有尾巴的，这条尾巴同样长在我们的身后，冷不丁地就会被人发觉，从身后投射来的目光怎么不令人害怕呢？那天我的尾巴便是自己的双脚，一整天我都在想方设法地"夹"紧它，再没有让它走在我的前头耀武扬威。

厨房里的老鼠

　　我饲养过一只老鼠，一只让我背过黑锅的老鼠。

　　我家的厨房在三间正屋的东南角，穿过天井向东走二三十步就到了。厨房是我的天堂，奶奶喜欢把家里所有好吃的东西都放在厨房里。小时候我最爱往厨房跑，实在找不着吃的，偷偷舀一勺糖罐里的白砂糖含在嘴里，也能够打发从肚里钻到嘴里的馋虫。

　　厨房里有很多瓶瓶罐罐，炒熟的花生用一只大口的玻璃瓶装着，那玻璃瓶极大，是百货店里用来装雪花膏的。想得到这样的大口瓶，得找到关系托了熟人才行。我记得家里有两只大口瓶。

　　被我饲养的老鼠就曾安家在其中的一只大口瓶中。厨房里有老鼠在过去看来一点儿都不稀奇，但我家的老鼠却能让我背上黑锅，这事就蹊跷了。

　　奶奶说放在碗橱里的鸡蛋每天都会少一只。我妈说，一定是大丫头嘴馋，煮了吃了。我一听急了，被人冤枉是最不能忍受的，我决定找出原因！晚饭后我把鸡蛋数了一遍，第二天早晨上学前当我再次数鸡蛋时，怪事出现了，一篮鸡蛋确实少了一只！我吓坏了，头脑中立刻浮现出各种鬼怪的形象来。我一口咬定厨房里有鬼！

　　与厨房北墙相隔的邻居家有"老太爷"，这是我们巷子里所有的人都知道的。据说，这"老太爷"时常出来吓唬人，还把他们家的一个十六七岁的女孩给吓死了。我认为偷我们家鸡蛋的贼一定是那个"老太爷"！

奶奶一把捂住我的嘴巴，警告我不能瞎说，若是这些大不敬的话被邻居家的"老太爷"听到了，我们家可就要遭殃了。

我们所说的"老太爷"其实是黄鼠狼。据说黄鼠狼分为两种，一种是尖耳朵的，一种是圆耳朵的。尖耳朵的不可怕，可怕的是圆耳朵的黄鼠狼。听老人们讲，这圆耳朵的黄鼠狼到了晚上就会变成一个白头发、白眉毛、白胡子的矮个老头儿。邻居家有个铺着木质地板的阁楼，听说，每天夜里他们家的人都能听到"老太爷"踏着木质楼梯而上的脚步声。

晚上去厨房是每天必做的事情，洗漱用水都得跑到厨房去取。然而，我再也不敢一个人往厨房跑了。每晚或抢在奶奶还在厨房忙活的时候便把该做的事情做完，或拉着妈妈一起往厨房去。时间一长妈妈便不耐烦起来，而且只要一听到我说有鬼，便会拉下脸来骂我胡说八道。奶奶更是忌讳小孩说这样的胡话。因此，尽管我一直害怕着，但在她们面前都装作心中无鬼，强迫自己像她们一样独自往厨房去。妈妈善解人意，只要发现我还会去厨房，一定会给我留着灯。

一天晚上，我拿着脸盆刚走到厨房门口，就听到里面有异样的响动。我吓得屏住了呼吸，想大叫有鬼，但又害怕被妈妈臭骂。恐惧像一条蛇一样，一下窜入我的身体里，直奔心脏而去。蛇缠绕着心脏，一点一点地收紧它的身体，我感觉心脏里的血液随着那条蛇的收缩喷涌而出直往脑门儿上冲，脸上突的一下就火热的了，整个身体似乎被那条蛇控制了一般，随着它的收缩而僵硬，每根神经都绷得紧紧的。我迈不开步子，半闭着眼睛慢慢伸长了脖子朝厨房里张望。

一只老鼠四脚朝天，怀里抱着一只鸡蛋，长尾巴被另外一只老鼠不知是咬在嘴里还是用爪子抓着，像拉车一样正拼命往前拖。原来不是

"老太爷"，而是这两个"老"东西！我长吁了口气，紧接着大叫起来，并且用力敲打脸盆，想让这两个猖狂的家伙丢下鸡蛋抱头鼠窜。哪知，对于我的威吓，它们并不买账，只是没有刚才那么从容，加快了速度，"抱"着鸡蛋转眼不见了。

爸爸说，一天一个鸡蛋快把它们喂成精了，灭鼠！第二天一早便在厨房中立起了老鼠夹，支起了老鼠笼。结果，这两只老鼠大概是因为鸡蛋没吃到一定的数量，还没精明如人，双双被捕获了。

看着被困的老鼠，我竟觉得它们很可爱，央求爸爸暂时留着它们的性命，让我养几天。爸爸欣然应允，把其中一只没有被夹坏脚的老鼠放进了大口玻璃瓶中，从此我便有了人生中的第一个宠物。

那只老鼠倒也安心，每天吃了睡、睡了吃，摆出一副大义凛然状。透过玻璃瓶子，它竟敢与我对视，一点儿害怕的样子都没有。好吃好喝地伺候了它一段时间，我突然生起气来，它对我的藐视其实是在挑战人类啊，杀！杀无赦！哪知杀了它一个，还有后来鼠。与厨房中老鼠的抗争，直至我们搬家后才结束。

老屋没有人居住了，没了炊烟的厨房冷冷清清，连老鼠都不见了。我想，那些过惯了偷鸡摸狗日子的老鼠，或许因为不再需要躲躲藏藏，而倍感无趣，另找对手去了吧。

送"钝事"

　　《兴化县志》记载，我们这个地区的元宵节共五天，自正月十三"上灯"，各家悬灯笼于檐下起，至十八日"落灯"为止。兴化这个城市虽不大，可是过元宵节的风俗却因地域不同而大相径庭。农村人过节，有舞火把、跨火堆的习俗。据说舞火把能驱赶地里的害虫，跨火堆则是为了跨去一年的钝事（这钝事是兴化方言，作晦气讲）。我想这些风俗都是对火的一种崇拜，认为火可以驱魔除怪，可以去除人身上沾染的晦气。其实，过节的种种习俗都是人们对美好生活的一种向往。

　　我记得兴化城到了十六夜也有送"钝事"的习俗。或许因为城市中没有空旷之地可以燃起火堆，所以，习俗也就有了另外的一些内容与形式。比如：送来尿精、送冻疮、送鼻涕虎、送气管炎、送百日咳等，凡身体上的缺陷，甚至疾病，都可作为"钝事"一并送出。

　　奶奶说，十六夜这天可以把"钝事"送人，来年所有你不想要的坏东西坏事情，将会离你而去。母亲是扬州人，每每这时她总是微笑着说，我们扬州好像也有这个习俗。

　　奶奶所说的送"钝事"倒也不难。假如家中有一个爱尿床的孩子（这孩子在我们这里被称为来尿精，之所以尿床是因为被来尿精缠身）。只要拿着这个孩子尿过的小被褥或内裤，跑到另外一户人家去敲门。主人问敲门人是谁，送钝事之人必须大声告之：我是来送钝事的，把来尿精送你家，然后一溜了事。据说，这送了的钝事再不会纠缠你了，很灵验。

我与妹妹每到冬天手上便会生出好多冻疮来，又疼又痒很是难受。奶奶用了很多民间偏方帮我们诊治却不见效果。于是叮嘱再三，十六夜一定要送掉这个"钝事"。正月十六，天气渐渐转暖，冻疮结痂会脱落下一些细碎皮屑，奶奶用纸把它们包好交给我们姐俩说：送远一点。

那一年的正月十六夜，我与妹妹走了很远的路，一路斗争，可谓惊心动魄。如今想来，我们也正是从那天起送走了恶念，真的把钝事丢弃在了路上。

那天兴化城的大街小巷里冷清得很，路上的行人不是很多，家家户户大概都因为怕有人来送"钝事"而早早地关门歇息了。我与妹妹因有使命在身，走起路来气宇轩昂的。我们怀揣着希望，兴奋地走过一条长街又一条长街，心里惦记着奶奶的话：送远一点。

大街中心有一堆药渣，我拉着妹妹绕道而行，并叮嘱她说：奶奶说在路上见到药渣千万不能踩踏。因为兴化人倒药渣于路中间就是希望被人踩上一脚，把病气过继了去，这样一来生病的人就好得快了。

与妹妹说完这话，我想这可能也是一种送"钝事"给别人的做法吧。这时揣在怀里的希望突然沉重起来，渐渐地变成了一个大大的心思。我把冻疮送了人，来年我不生冻疮了，而被送的人岂不是要代我受罪吗？后来我才明白，难怪这送"钝事"之事都是小孩子在做，大人们其实都明白这个习俗有损人利己之嫌。小小年纪的我虽不懂得损人利己，但那时就已经明白这样做是不对的，是在做坏事。送还是不送，成了一大难题。

妹妹毕竟小一些，走到一个深巷中，见一户人家灯火通明便欲敲门，我一把拽住她，把怀揣着的心思说与她听。她睁着一双大眼睛，认真听完后便与我一起动起了心思。我们站在路灯下，把冻肿得如馒头一样的小手缩进衣袖。

母亲见我们狼狈而回，并未责怪，她仿佛早已料到我们不会把"钝事"送出，她自信她对我们的教育已经让我们形成了正确的价值观与人生观。

奶奶问我们："钝事"送掉了？我与妹妹相视而笑，爽朗地说：送掉了。是的，我们送掉了"钝事"，我们把那一包邪念丢弃在了路灯下。

如今，兴化城十六夜送"钝事"这一习俗已经渐渐淡化了，我们的孩子几乎没人知道曾有这样的习俗。一个地方的习俗往往反映的是民之风气。《周礼》中说习俗，"谓常所行与所恶也"。人们在追求美好生活的时候，自然会把一些陋俗淘汰掉。

怀念阿黄

怀念阿黄

女儿固执地喜欢小狗。曾诱惑过一只离开了主人的小狗跟她回家。那只狗在我家里只待了半天便被主人找上门来，女儿把狗链交给狗的主人后，眼睛里就蒙上了一层雾。

"妈，养只狗吧。"

"不行！你不知道养狗有多麻烦。"我喋喋不休地说，"长牙的时候会把家里所有能啃的东西统统啃烂，还会随地大小便，甚至有寄生虫……"

女儿不再坚持，但每次在路上遇到小狗时，她依然会把它抱在手上，然后察看左右，在确认没有主人看护时，便会向我投来惊喜、哀求的目光，随时准备"偷盗"。

其实我和女儿一样喜欢狗，不知道是不是因为自己属狗的原因，从小就喜欢，走在路上，眼睛转来转去就会落到狗的身上。但是家里人却反对养狗。记忆里在我家待过的狗有好几只，不过都是短暂的，有的在家不到一天，有的几个小时就被父母强行送走了。父母不许养狗的理由便是我如今搪塞女儿的理由。

希望养一只狗的愿望，直到我工作后才得以实现。学校里一位老师家的母狗产崽，我拎着一份"月子礼"去讨要了一只回来。

"阿黄"的名字是原来主人给起的，因为它浑身上下纯一色的黄，没有杂毛，一窝小狗中数它最漂亮。带回来以后虽然感觉名字土了点，但也没再改口，"阿黄，阿黄"叫了好些年。

带回阿黄的路上我就开始后悔了，想到父亲的态度，无端地为小家伙的命运担心起来，好几次我想回头把小狗送回给它的主人。

一路上阿黄很乖，坐在自行车的车篓里非常安静，小眼睛东张西望的，看路、看天、看行人。虽然它对什么都充满了好奇，但每隔一两秒都会抬起头来望望我，还不时伸出舌头舔我的指头，就像失散的孩子找到了妈妈，欣喜、委屈、紧张还有害怕。

来到一个陌生的环境，惶恐不安是难免的，再加上有不欢迎的因素，小阿黄第一天的日子并不好过。父亲臭骂了我，让我赶紧把它送走。我央求了好半天，父亲才答应只能留下一周。

下午上班后我一直牵挂着阿黄，生怕它没人看管偷偷跑掉，如果再找不着回家的路就将成为流浪儿了。我度过了一个焦躁不安的下午。下班回家，妹妹慌张地告诉我阿黄不见了。来不及问明原因，立刻奔出家门，我把附近的几条巷子跑遍了也没看到它的身影。回到家时，泪水早已从心里涌出聚集到了眼眶中，就在眼泪快掉出的一瞬间，我看见一团毛茸茸的小东西从父亲的大拖鞋里钻了出来，奋力地甩了甩脑袋，伸了一个大大的懒腰后才摇着小尾巴没心没肺地朝我扑来。我惊喜地一把抱起它，把蓄在眼中的泪全部擦拭到了它的身上。

阿黄很会讨好人，第一天除了对我亲热外，就是缠着我的父亲了。父亲走一步它跟一步，仿佛警卫员似的。父亲一旦坐下，阿黄便立刻匍匐在他的脚边，下巴还轻轻地搁在他的拖鞋上。我真奇怪狗的灵敏度，它或许已经看出了我们这个家里谁是老大，拍谁的马屁最管用。开始父亲还冲它吼几声，但很快便习惯了被"保卫"，走起路来耀武扬威的。渐渐地，我发现父亲看它的眼神多了几分怜爱。阿黄留下了。

阿黄一天天长大，父亲的那只拖鞋从狗窝变成了它的玩具，再后来阿黄在确认主人不会抛弃它以后，把父亲的那只拖鞋撕扯得面目全非。这个狗东西泄愤的方式奇特，自从咬坏那只鞋以后，它就再没有讨好过我的父亲，见到他除了摇摇尾巴以示打招呼外，再没有亲昵的举动。

阿黄不喜欢陌生人，对待来访者总要"汪"几声示示威，然而对我刚处没多久的对象却态度暧昧，着实让我吃惊。我和他谈恋爱阿黄应该是不知道的，因为每次约会都是在外面，没把他带到家里过。

他第一次来我家，父母像审问犯人一样和他聊着天。阿黄端坐在一边学着我父母的样子用不冷不热的眼神看着他，一言不发。然而没坚持多久，它竟然站起身来，甩着尾巴走到他跟前，低眉顺目地任由他抚摸，还舔了他的手指以示友好。也许他们有眼神的交流，也许狗有先知、知人的缘分，知道眼前的这个人将成为它的男主人吧。自从认识了他，阿黄多了一份期盼，每到夜晚，它就会守在大门口，我们只要看到它的尾巴摇起来，就知道一会儿必定有人敲门。

阿黄在我们家待了两年，过着饭来张口的自在日子。然而，突然有一天社区上来人说为评选卫生城市，市民一律不得养狗，一周内如果不处理掉，将由专职人员上门用非常手段进行处理。也就是说如果我不把阿黄送走，它只有死路一条。

邻居的丈人住在乡下，承包了一个鱼塘，早就想收养一只狗帮助看家，知道我家准备把狗送人，来看了几次，说这狗长得漂亮，睫毛还长。

阿黄自由惯了，从没有被绳子拴过，邻居想用一条铁链拴住它，好几次都没有成功，最后还是我的妈妈把它抱在怀里抚摸了半天才套住了它的脖子。它呜呜哭了一夜，我躲在被子里陪它哭了一夜。凌晨它被带走时，我没敢出门送它，我怕舍不得它走，我怕极了离别时那撕心裂肺的痛楚。

阿黄被送走后，我去看过它一次。远远地，我看到它趴在鱼塘边晒太阳，脖子上套着一条铁链。我没敢喊它，我怕它记恨我，对我冷漠。我更怕它没心没肺依旧忠心于我，而热情地和我打招呼。

"妈，你看这只狗多可爱啊！"

女儿蹲在宠物店门口，手上抱着一只刚出生一个月的小狗冲我叫嚷。

我走过去问老板："这只狗怎么卖？"

旺　旺

小狗买回家已经一个多月了，可是却一直没听它大声叫过。那天，我妈一边逗它一边还夸奖："这小狗蛮乖的哦，不乱叫，不扰民。是好狗！"我妈妈这一说，却惹得我心烦。股市一直在跌，本想养只狗在家"旺旺"地叫着，能把那头"牛"给叫回来的，哪知这狗就是不开口。

我很奇怪，这小狗怎么不会叫呢，难道狗也有哑巴不成？

老公说："狗怎么会有哑巴？！它才两个月大，应该算是个孩子，还没学会说话呢，得教！"

女儿听她爸爸这么说，随即"汪汪汪"对着小狗"叫"了起来，时而高昂，时而低沉，边叫边还趴到了地板上。女儿的"叫"声，激发了老公的童心，和着女儿唱起了低音部："汪汪，汪汪汪，汪汪……"

本来蹲坐在地上的小狗，先是睁着一双无辜的眼睛怵怵地看看他俩。接着站起身来，还往后退了一步，耳朵竖着，仿佛在极力地分辨着那"汪汪"声中的语意。突然，一个转身飞奔而去，继而猛一个刹车，又掉转回来，疯了似的和父女俩狂欢。来来回回奔了好几圈，直累得吐出了长舌头气喘吁吁地趴在地上。然而，经过这么一番折腾，它最终还是没能叫唤一声。

第二天一早，我妈跑过来问我，是不是小狗会叫了，昨晚她在家听到小狗的叫声，好像还引来了大狗，叫了好一会儿的。我听后，大笑起来。女儿从房间跑出来朝我妈"汪汪"叫了两声，问："外婆，是这声音吗?"

"原来是你这鬼丫头!那大狗呢?"我妈顿了顿,突然哈哈大笑起来,"我知道了,是你爸。"

为了让小狗早点学会"汪汪"叫,我还在电脑上下载了很多狗叫的音频,没事的时候就放,家中常常是众狗齐鸣,那场面,用宋丹丹的话说:那是相当的壮观。

有一天,小狗在家里乱拉,气得我把它关进了笼子,自由惯了的它先是一阵乱扒,嘴里"哼哼唧唧"发出阵阵嗲声,像在撒娇似的。我不理它。女儿舍不得了,蹲在笼子前对小狗说:"你叫一声,就放你出来。叫,叫啊。"哪里知道,小狗见女儿和它说话,竟然安静地坐了下来,过了一会儿仰面朝天,噘起了嘴巴:"喔……呜……"像唱歌似的叫开了。

"妈,妈,你快来,你看我们家的狗像什么?"女儿像发现了新大陆似的大喊大叫起来。

"像什么?"

女儿一本正经地说:"你看它这样儿,像不像小白熊?!"

熊?!自从进入股市,我最怕听到的便是这个"熊"字。记得才进股市那会儿,我感觉是被一头"牛"牵住了鼻子,或前或后或转圈,沉浸在数字奏响的音乐中跳着华尔兹,转来转去,却始终转不出那个舞池。有时也想停下休息一会儿,却发现爱上舞蹈的人,只要有音乐就会跟着飞。

由于工作清闲,再加上胸无大志,被热闹诱惑好像是理所当然的事。刚入股市那会儿,我整个人是兴奋的,电脑上那红绿相间的线条,怎么看怎么像五线谱,既然跳动着音符,那么我就跟着那些音符在心中唱起了歌,从《相逢是首歌》到《明天会更好》再到《死了都要爱》,

一首一首地唱着，直至精疲力竭。

妈妈知道我炒股，看我如怪物，说："你也炒股？"我这个"马大哈"在家中是出了名的，对钱一向没什么概念，不会理财，老公一个月的收入到底是多少，至今搞不清楚。妹妹曾笑话我说："你如果到哪个单位做会计，不把家里的钱赔进去才怪。"郑板桥说："由聪明转入糊涂更难，放一着，退一步，当下心安。"面对她们的不屑，我总是报以傻笑，快乐于糊涂。

然而面对一天天消失的钞票，我再也快乐不起来，没有经济头脑的我，还真不适宜站在这个舞台上。我不知道是被"牛"牵着，还是被"熊"套住了，反正只感觉进入这种状态，生活变得被动了，我不喜欢！

我要养只狗，天天"旺旺"地叫着，把那头"牛"给叫回来。

女儿居然说狗像熊，这让我哭笑不得。这狗也确实奇怪，自打进了我的家门就没正经叫过。难道小狗知道我买它的目的，早就预测到中国股市的未来？它一准明白"旺旺"叫是拉不回那头"牛"的，今天故意摆出一副"熊"样来，提醒我早点抛了股票回归到正常的生活。它始终不叫，是不想学着电视里的股市专家们用"旺旺"叫来掩盖中国股市的熊样，因而三缄其口了啊！

狗的爱情

人有爱情，狗也有。

虽然过去养过狗，但我并不真正了解它们，特别是它们的爱情生活。我家小狗两岁时就恋爱了。虽说狗一岁相当于人类七岁，即便这样，我家的小狗也是属于早恋了。

母狗会来例假，来例假前后半个月时间内它会很反常，特别烦躁，整天蹲在大门口，随时找机会下楼。那天带它下去撒尿，它一反常态，不再像过去一样先到处乱嗅，然后躲到矮树后面尽量蹲下身去快速解决，而是大模大样，走一路撒一路，只微微抬起一条腿来，哗啦啦便尿出一摊，完全不顾淑女的形象。带着它在小区里溜达了一圈，十来分钟的时间，它竟然尿了有十次。我真怀疑它是得了尿崩症了，差点带它去宠物医院。

咨询了养狗人士才明白，我家小狗之所以有这些反常的表现，是因为到了发情期。原来它一路撒尿那是在贴征婚广告呢。

"征婚广告"贴出去没多久，上门求婚的狗模狗样的"帅哥"还真不少。其中一只颇为成熟，个头高大浑身雪白，乍一看以为是萨摩耶。然而它却比萨摩耶冷峻，酷酷的，还是个混血。第一次见到它，是在我家门外。它见我拿钥匙开门，怯怯地退在一边，伸长了脖子很绅士很谦恭地弯腰九十度在我的脚面上嗅了嗅。此时的我还不能接受刚刚才两岁的"女儿"不顾廉耻做出那等苟且之事，因而在它鼻子靠近我的脚面时，猛地跺了一下脚。它吓了一跳，恋恋地朝紧闭的大门看了一眼，然后缓慢地很识相地下了楼梯。但它并没有远去，而是耷拉着尾巴一脸沮丧地仰着头站在楼道口。

就在我开门的一瞬间，我家那只情窦初开的小母狗像一道白色的闪电蹭着我的小腿，"嗖"一声窜下了楼梯。

当我追到楼下，看到我家那只怎么看怎么还是个孩子的小狗正对着已显老态的"绅士"撒欢儿，讨好地撅着屁股让"绅士"亲吻时，我彻底愤怒了："真真！你这个不顾廉耻死不要脸的家伙，快给我回家去！"

哪知面对我的叫喊，这对"狗男女"竟然像旋风一样疯跑起来，你追我赶地上演起八十年代电影中男女追逐的恋爱镜头，狗头上被风吹起的长耳像挥舞的纱巾。

我慌神了，如果再不加以制止，这两家伙绝对有可能因为爱情而冲昏了头脑在草坪上洞房。我跟着它们后面跑得气喘吁吁，边跑边骂，惹得小区里很多人家打开了窗户看热闹。一位老人家还好心地劝我别追了，由它们去吧。被众多人同情的它俩更为放肆了，竟搂抱在了一块儿！

不行，我今天就要做一回祝英台她爸了，必须拆散这一对狗鸳鸯，哪怕逼得它们双双化蝶也决不姑息。我拿起保洁员搁在墙边的拖把，像女巫一样高举着，终于吓退了那只被我家母狗撩拨起激情的长得酷酷的白色大狗。

小狗被我抱回家后，从此真的变成了祝英台，整天蜷缩在自己的窝中，除了喝水以外一点食物都不进。它得了相思病了。

我苦口婆心好言相劝："真真啊，你才多大啊，怎么就动了这个心思了呢？你看看你的表现，哪里像个女孩子？女孩子要矜持，矜持你懂吗？怎么可以主动投怀送抱呢？那个老男人适合你吗？它那么酷，肯定没有幽默感……"

小狗把下巴搁在前腿上，我唠叨了半天，它只抬了一下眼皮，朝我翻了个白眼后便不再理我了。正当我准备继续开导时，突然它从嗓子眼里发出了一声哼哼，尖细而暧昧，似撒娇又似呜咽，紧接着竟像老虎一样从窝里飞蹿出去冲着紧闭的大门又是撞又是扒。我猜想一定是那个"绅士"来了。我恨透了这个勾引我家小狗的家伙，果断地抱起叽叽歪歪、哼哼叫春的小母狗，把它锁进了狗笼，然后抓起扫把猛地打开了门。果然，那只白色的大狗谦卑地站在门外，一副欲言又止的样子。我没等它开口，冲它大吼了一声："滚！"边骂边伴装出一副杀气腾腾的模样，挥舞着扫把把它赶下了楼梯，赶出了楼道，"嘭"一声锁上了楼道的防盗门。

关在狗笼里的小狗一直在哭，哼哼唧唧地哭，哭着哭着，老天爷竟然也陪着它落了泪，下起雨来，哗哗地下了一个下午。傍晚时分我走到窗前，突然发现，那只大狗竟然一直没有离开，站在雨天里痴痴地守候在楼道外。它被雨淋得浑身湿透，原本蓬松而漂亮的白色长毛紧紧地贴在身上，显得非常瘦弱。它那孤独而落寞的身影，让我动了恻隐之心，放出小狗，让它们隔着窗户见了一面。

小狗冲着楼下汪汪大叫了两声，见"绅士"抬起了头，立刻泣不成声地哼哼着。从它的哼哼声中我竟然听出它那是在吟诗：寻好梦，梦难成，有谁知我此时情。枕前泪共阶前雨，隔个窗儿滴到明。

楼下的"绅士"听了，立刻甩干脸上的雨水，"汪汪"应和道：我生君未生，君生我已老。化蝶去寻花，夜夜栖芳草。

楼道里的小狗

楼道里有一只小狗。这只小狗是从哪里来的，没有人知道。我发现它的时候是在一天中午。

那天下班回家，车还没停稳，楼道内就窜出了它。它对着我摇头摆尾，好像和我是旧相识似的。但这种相识却犹如一个深山里出来的娃娃，刚被告知我是他姑姑的感觉，想亲热却又胆怯着。小狗始终和我保持着一段距离。

这只小狗是黑色的，应该才两三个月大，身上的毛稀疏而柔软，隐约能看见蓬松的黑毛下那瘦骨嶙峋的身体。我蹲下身来对着它拍了拍手，它小心翼翼地蹦跳着甩着尾巴往前走了两步，眼睛里有喜悦、有羞怯，还有几分不安的神情。当我伸手想去摸它头的时候，它却快速地退了回去，转眼跑进了楼道，躲到一堆杂物的后面去了。从它的种种表现来看，我知道这是一只流浪狗。

收留它！这是我的第一反应。可是家里已经有了一只狗，为了养狗，我和丈夫差点儿分道扬镳，如果再把它抱回家，估计日子无法再过下去了。

怎么办？就让它生活在楼道内，我每天多做一份狗食就行！

我的计划只实施了一天就失败了。楼上的一个老太特别讨厌狗，我家养狗时她就去物管公司告过状。幸好我给狗领取了健康证，养狗手续算是齐全的，她没有再纠缠。但每次见我遛狗，她都会离得远远的，甚至见到我也如同见到狗一般，侧着身体，快步避让，生怕我也会咬人似的。

老太找来了保安，义正词严地列举了很多流浪狗对人类的危害，并且严厉地指出：楼道是公共场所，怎么可以养狗呢？

小狗的厄运开始了！它被赶出了楼道，流浪到了草丛间。虽然草丛里也可以安家，但夜里却非常寒冷。然而小狗却始终没有走远，我估计那是因为它对我已经有了一份眷恋。我坚持着给它食物，给它喂水。就在我这个深山里来的"外甥"，渐渐地带着欣喜的目光看向城市生活的时候，楼上的老太集结了四五户人家再次找到了物管公司。

小狗被保安驱赶得呜呜叫，那叫声似哭。

我默默地关上自家的大门，关严窗户，甚至捂住耳朵，逃避着小狗对我的那一声声呼唤。

我无法保证这只狗不会咬人。

我无法保证它的身体里没有狂犬病毒。

我无法对邻居们承诺这只狗所犯下的一切错误由我来承担。

我只能任由保安对一只可怜的流浪狗进行驱赶。

小狗不见了！这一次它真的走了，远离了我家的楼道、我家附近的草坪、我居住的小区。

我对它太冷酷了。每每想起那晚被驱赶时小狗的叫声，我的心就会蜷缩成一团，仿佛只有蜷缩起来才能缓解因愧疚而引起的疼痛。这时常发作的隐痛折磨着我，好几个月都无法驱散掉。直至有一天，在小区的大门外，我再一次见到它时，心才得以舒展。我欣慰于它顽强地活下来了。

它长大了，黑色的毛依旧稀疏，涩涩的，没有一丝光泽；个子长高了，腿很长，身上多出了几分野性。它和一群流浪狗待在一起。我一眼就认出了它。

"嗨!"从认识它起我就不知道它叫什么,只能这么和它打招呼。其实它哪里来的名字,它与所有的流浪狗一样,只叫作狗。

它显然是听出了我的声音,停止了奔跑,掉过头来定定地盯着我看。这一次,我不用再蹲下来对着它拍手,它足够高了,我只是俯下身体,对着它摊开双手呼唤着:"嗨——"

它认得我,摇了两下尾巴,然后慢吞吞地向前跨了两步,犹豫着停下了。和第一次见面时的情景差不多,但这一次它不是因为胆怯而却步,因为我在它的眼神中看到了幽怨,还有被磨砺后的坚强与倔强。在它掉头离开我的那一瞬间,我的眼里蓄满了泪水。

救　狗

中午下班，刚到家门口，就发现有一群人围在屋后面的喷泉边，议论着什么，好像还很热闹。我一向是个不太喜欢凑热闹的人，但听到有狗的叫声，而且很凄惨，就好奇地挤进了人群。

喷水池里有一只白色的大狗，大半个身体浸泡在水中，两只前爪死命地扒着喷水池的沿口。这只狗只露出一个头，脸上的毛不再蓬松，被水浸过贴在皮肤上，感觉脸很小似的。它浑身打着战，嘴里发出"呜呜……"似小孩的哭声。喷泉的沿边还有未化尽的雪，很滑，我看见狗的爪子挺立着，几乎用尽了力气，有随时再度掉下去的危险。

"怎么不救？"我边问，边拨开挡在我前面的人，蹲下身子，把手伸进冰凉的水中。狗见我伸手去抓它，没有躲避，但怯生生地看着我。我沿着它的爪子摸到腋窝，然后猛一用力顺利地把它拉了上来。

人群一下子散开了，自动地为狗让出了一条路。

"好像不是我们小区里的狗。太大了，救它上来，我们怕它咬我们。"不知是谁在我身后说了这么一句。

我起身寻找说话的人。

"它知道你是在救它，怎么会咬你呢？狗特有灵性，能够辨别出好歹来。它又不是人，人才会恩将仇报，反咬一口的。"

说完这话，我自己先笑了起来。狗不咬人，人咬人。如今，好事确实做不得，帮助了别人，结果反被咬一口的事实在太多了。也难怪，人们在看到长期和人共处、沾了人性的狗后，会多出些戒心来。

得救的狗确实很大，刚站到"陆地"上，几个小孩就吓得躲到了大人身后去了。我真怀疑刚才我哪来的力气，竟能拖动这么大的身体。或许，狗为了求生自己也在努力往上用力吧。

"喂，你看，你看，狗盯着你看呢。"一个邻居用她的胳膊不住地捅我。

"呵呵，不会是来反咬我的吧？"自从把狗救上来以后，我的眼睛一直没有离开过它。

我笑着重新蹲了下来，希望那只狗能走近我，一来好给它些安抚，二来想在这群冷漠的人面前证实一下狗的善良。

那只狗确实在看着我，它见我蹲下了，立刻停止了甩水的动作，但始终不肯走向我，僵持着一动不动。我试图走近它，拍着手，像招呼小孩子一样地唤着它："来来、来，狗狗，过来。"

那只狗戒备着，身体僵硬，头不动，眼珠四处转了一圈，尾巴似甩非甩地摇了摇。我以为，它即将走近我。哪知那只狗突然一个转身，撒开腿飞奔出了人群，转眼就不见了踪影。

随着狗的消失，围观的人们也各自离开了喷泉。

我怅然若失地站立在寒风中，猜想着狗的行为。也许这只狗很聪明，长跑热身以驱赶被水浸泡而引发的寒冷？或许，这只狗确实是和人相处的时间太长了，以为我蹲下是为了向它索取报酬？我心想：狗心好懂，人心难测啊，不如溜之大吉？

兔 子

女友的闺女打电话回家向母亲求救："大学校园里不让养宠物，你能不能到学校一趟，把我的兔子带回家。"

女友在电话里数落了闺女一通，建议她把兔子送给学校附近的居民饲养，或干脆送菜市场了事。闺女在电话那头哭哭啼啼，说是有了感情，必须让母亲带回家。得知父母同意后，挂电话前还提出了一个要求："妈，你们把车开来接兔子吧。"

无可奈何，女友夫妇开着车去了学校，一路上女友不停地嘀咕："养兔子还能养出感情来？这鬼丫头一定是想我们去看她了，故意在找借口呢。"

女友的闺女从小就是个人精，生得一双水灵灵的大眼睛，幽幽地看你一眼，不消语言就能让人遂了她的意愿，替她办事。

知道父母已经进了校园，小姑娘连忙下了宿舍楼，迎候在路侧。"妈，你要有心理准备，我养的这个兔子……个子有点大……"

"兔子能有多大?! 你也真是，怎么能在宿舍里养兔子，兔子不讲卫生，多臭啊……"女友一路唠叨。

到了宿舍门口小姑娘又拦下了父母，幽幽地看着她爸爸说："一会儿你一定要帮我说服妈妈，好好待我的兔子，不要丢弃它。"

宿舍门打开了，一只金毛大狗冲了出来，抬起前腿，直往女友闺女的怀里扑。女友从小怕狗，哪怕是一点点大的小泰迪冲她叫两声，她都会撒腿就跑，绕道再远都要远离有狗出没的路段。现在猛一看见站起来比女儿还高的一只大狗，女友早吓得魂飞魄散，丢下手上的行李就跑。哪知金毛大狗见有人逃跑，竟大叫着追赶了上去。

"兔子！那是奶奶！过来！"女友的闺女呵斥住金毛大狗。

"什么？你说什么？重说一遍！你刚才说什么？你喊这只狗什么？"惊魂未定的女友远远地指着狗问。

"兔子啊，它就是兔子。"小姑娘抚摸着金毛大狗的头嘟囔着，"我才把它买回来的时候，它就只有一只兔子那么大嘛，而且和兔子一样可爱，所以我就给它起名叫'兔子'了。谁知道一学期下来，兔子竟然长这么大……"

"我不管啊！你知道我怕狗，我不养狗的，该怎么处理你们看着办。"女友冲着她的丈夫丢下这么一句转身就走，气冲冲地坐到汽车里再不肯出来。

后来女友是怎么被丈夫与闺女说服的，我不知道，只知道他们把狗带回了家。

一天，我看到一只金毛大狗"牵着"娇小的女友在路上狂奔，大喊了一声："兔子！"

那只叫兔子的大狗立刻停止奔跑，转过头来好奇地看着我。女友笑嘻嘻拍了拍兔子的头，慢慢朝我走来，显然她已经因为兔子而放下了对狗的戒备。"兔子，来，过来，喊……喊她……"女友用手指着我，示意兔子，"对，喊她姨奶奶！"

狗与狗肉

我不想与人争辩狗到底吃不吃狗肉。因为我养狗，所说的话反而会被人误会为是站在狗的立场上替狗说话。但是我确实真真切切地看到我家的狗坚决不吃狗肉！

那是寒假里的一个上午，我因为休息便赖在被窝里迟迟没有起床。女儿与狗跑到住在隔壁的外婆家玩去了。我乐得清静，斜靠在床上看起书来。

"别跑！真真，别跑！"

真真是一条母狗，很小的时候为了给它起个好听的名字，一家人还争执不休。女儿说这狗像天使，干脆就叫"Angel"，还洋气。我觉得国产狗就该起中国的名字，坚持要叫它"小丫"。这名字沾着漂亮女主持人的光，仿佛狗也会变得漂亮几分。老公说他喜欢"阿黄"这个名字，叫起来和人名有区别，一听就是在叫狗。几经争执，最后因为狗是三月十五号抱回家的，打假的日子抱回来的狗绝对货真价实，最终起名：真真。真者，精诚之至也。不精不诚，不能动人。

女儿的喊声从阳台上一路飞跑进屋，真真特有的脚步声率先到达了我的房门口。

"怎么了？"真真端坐在房门口的棉垫上眼巴巴地望着我，嗓子里发出哼哼唧唧的声音。

"真真，给！过来！来啊！"女儿蹲下身去拉小狗。

真真站了起来，尾巴夹在两腿之间，显然是受了惊吓的样子，任凭女儿如何拖它，它就是赖着不动，扭着头可怜巴巴地向我求救。

"怎么回事？你在干吗？"我呵斥女儿住手。

女儿笑着举起手中的一块骨头说："我没有欺负它。这只呆狗，给它肉骨头它居然不吃！"

真真最爱啃骨头了，给它一根骨头它能躲在自己的地盘里享受好半天，今天的表现确实奇怪。我连忙起床出来看个究竟。

"这骨头哪来的？"

"外婆在煨羊肉，我特地拿了一块给它，这个真真真是不识好歹。真真，来！"

见我蹲下了，小狗连忙钻到了我的怀里。我接过女儿手中的骨头，送到它的嘴边："这么好的骨头怎么不吃？你傻了？"

哪知真真呜咽了一声竟然挣脱了我，夹着尾巴绝望地躲进了自己的窝里再也不肯出来。

"你确定这是羊肉？"我觉得蹊跷，打量着骨头问女儿。

手中的骨头发出阵阵特殊的香味……

"狗肉滚三滚，神仙站不稳。""闻到狗肉香，神仙也跳墙。"这两句话突然从脑袋中蹦出，难道这是狗肉？

我往妈妈家去，却发现我的父母都站在窗口正观察着刚刚发生在我们家的一幕。

没等我开口，我妈就解开了我的疑惑："这是狗肉。我们想看看狗到底吃不吃狗肉。"

我是不吃狗肉的。小时候不吃是因为听人说，谁要是吃了狗肉，狗从你身边走过就会闻到同类的味道，它们必定会追着你撕咬。长大后虽然知道这是不可能的，但却因为见过杀狗时残忍的场面，就更加不会去吃狗肉，也不愿意看到同伴、好友对狗肉产生兴趣了。

我曾听同事讲过一个真实的故事。他们村里有一户人家每年春天都会养一只小狗，养到腊月时便会把它杀了腌制成肉，留待过年时享用。有一年主人一边抚摸着狗的头，一边悄悄地将一根麻绳套在了它的脖子上，当索命的麻绳越收越紧时，狗突然意识到了危险，拼尽了力气挣脱了出去。

那只狗消失后，村里所有的人都以为它再也不会回来，哪知几个月以后，有村民看到那只傻瓜一样的狗竟然主动回了家……

"今年怎么买了狗肉了？"我蹙起了眉头。

妈妈说，狗肉是一味中药，《本草纲目》中都有记载，冬天吃狗肉大补呢。我转身回家，大声告诉他们我坚决不吃！

中国人自古爱吃狗肉，郑板桥还曾因吃狗肉被骗作画。我不能肯定欧洲人不吃狗肉，但我知道他们不能理解为什么中国人可以一方面拿狗当宠物养着，给它穿上鲜艳的衣服，"宝贝""儿子"地喊着，另一方面却会在寒冷的季节里坦然地在饭馆里点一盘热腾腾的狗肉。其实，他们哪里知道中国人连人都敢吃，何况一只小小的狗呢。春秋时宋国被楚国围困，城内粮尽，百姓不忍心吃自己的孩子，竟然易子而食。史书记载：三国攻晋阳，岁余，引汾水灌其城，城不浸者三版。城中悬釜而炊，易子而食。《三国演义》中刘安竟用妻子之肉招待刘备。

人吃人而狗却不吃同类，如此看来，人真不如狗。

女儿见我跑回了家，连忙跟着回来了，坐在狗窝边安慰真真："我不会吃狗肉的，我不可以吃朋友……"

那一年的冬天，小狗始终窝在家中，再也没有跟着我的女儿去外婆家一步。我估计我妈家飘出的狗肉香味已经成了它挥之不去的梦魇了。

狗的性格

狗在很小的时候都是非常活泼的，对陌生人缺少戒备心，如果给它也冠以性格评判的话，这段时间的表现可以称之为外向。带狗出去散步，不管见着谁它都会拼命地摇着小尾巴和人打招呼。有时候还会丢下主人，和陌生人亲热好一会儿。

那一天，女儿带狗散步回来，气呼呼地说是要和我好好谈谈。看着她那一本正经的样儿，我郑重其事地请她坐下，然后规规矩矩端坐在一边，等待被"谈话"。

"狗随主人的性格，是吗？"女儿开始提问。

我不假思索，带着微笑回答："是的。我看到过一本杂志上说：在狗的身上有人的影子，人的面庞也有狗的模样。美国选总统时，小布什就差点因为他的狗而落选。因为他养的狗鲁莽，还随地大小便。很多人从狗的身上看到了布什的性格，断言美国还要在浮躁的喧嚣中徘徊……"

"那就是说，除非换了主人，才有可能改变狗的习惯和性格了？"

我不知道女儿想说什么，疑惑地看着她，没有开口。

"我不喜欢狗和你的性格一样！明明是和我出去玩儿的，一旦遇到别人就丢下我，根本不管我的感受。气死我啦！"女儿的声音很大，和我说话却没有看着我的眼睛，而是低着头一直盯着狗在看。我怀疑她是不是想哭了。

突然想起了妹妹之前和我说过，让我在招呼客人的时候，记得关照女儿。因为她发现我的女儿不喜欢过节，不喜欢热闹。她在她的姨妈面前抱怨说，越是热闹的场面，她越觉得孤单。沉浸在热闹气氛中的大人们根本不会注意到小孩，她觉得被忽视了，甚至是被遗忘了，她被排斥在热闹喧嚣之外。

普天之下，哪有不爱孩子的妈妈呀！只是很多时候我们觉得孩子和大人有一样的思想，一句"懂事"就把孩子依赖的天性给掩盖了，也把自己该有的关怀收了起来，让孩子体会到被冷落，失落感便油然而生，久而久之，性格也会随之而变，变得孤僻、内向。孩子的性格会因环境而改变，家长的言行直接影响着孩子的情绪。人的性格一经形成之后，就会有相对的稳定性。

如今女儿正处于青春"危险期"，有独特的双重心理矛盾，有成熟感却又幼稚着，想独立却还依赖着，有想法但疏于行动……

看来我真得抽点时间给孩子了，在她这段"半儿童、半成人"的过渡期中，利用还可利用的可塑造性，培养出良好的性格来。

女儿确实在哭。小狗安静地待在女儿的脚边，不时地抬起头来看看女儿，用舌头舔着滴落在她手指头上的眼泪。我突然想到狗的性格形成其实与人也是极其相似的。

那么把小狗交给女儿来管理，让他们相互影响，这样，狗的性格既不会像我一样太过外向，也不至于如女儿般胆小了。或许这是个综合平衡的好办法！

我站起身来，拍了拍女儿的肩膀，刚想交给她培养小狗性格的任务，原本安静的小狗，见我站起来了，立刻丢下了女儿，屁颠屁颠地窜到我的脚跟前，撅起屁股，兴奋地等待着我和它疯闹。

噢，我的小狗，看来它已经被我影响了不少，估计也将成为人来疯了。

噢，我的计划！

噢，我的天！

一只狗的自白

我是小熊。可我不是真的小熊哦，我是一只叫小熊的狗。

因为我长得太像熊了，所以主人就没再动脑筋给我取一个好听的名字。我很羡慕那些有一个好听名字的同伴。它们的名字就和小朋友的名字是一样的。我有一个异性伙伴叫贝贝，还有一个哥们儿叫小凯。可气的是，小凯的主人甚至把祖宗的姓都给了它，唤它时经常连名带姓地喊：陈小凯！我想，有了姓氏的狗是不是就像人一样可以上学了呢？曾经听一只流浪狗说过，过去农村里的娃娃只有到了上学的时候才会有一个大名，大名里面才会有姓氏。没有大名的孩子只能是个小屁孩，连名字都不像样，什么小黑子呀，什么狗蛋啊，甚至有的人家喊娃娃直接就叫小狗子。生活在那个年代的狗挺为这事闹心的。因为，孩子们把我们的名字给占去了，大人们叫小孩，结果狗们都以为在喊自己，摇着尾巴屁颠屁颠地就去了，自作多情的事情层出不穷，唉，窘啊。

可是如今，怎么狗狗的名字都用了人名了呢？这世界真是倒过来了。奶奶说得一点都不错：世道变了。

这世道真的变了。

我的主人对我一向很好，就像对待自己的儿子一般，可不知道为什么，最近，她却做了一件让我无地自容的事情，为这事，我都差跳河自尽了。

那天天很热，主人用车载着我走了很远的路，去了一家宠物美容中心。我熟悉这个地方，因为在这里，主人曾经把我染成了一只熊猫的样儿。被染成熊猫的我，在人类的眼里变得耀武扬威了，可是在狗族中，我的地位却直线下降，还被贝贝奚落了很长一段时间。她差点儿就把我给甩了，她说："披一身熊猫皮就高贵了？有本事从此别吃肉，吃竹子去呀。"

因为不想失去贝贝这样的女朋友，到了美容院门口时，我便一屁股坐到了地上，任凭主人怎么拽都不肯进去。我汪汪汪叫着，明确告诉主人：我不想再变成熊猫！可是，美容院里的美容小姐可真有本事，捧了一大包零食来，那些零食都是我爱吃的，什么牛肉饼干、鸡胸肉脯，还有蜂蜜味的小馒头。唉，我怎么就管不住自己的嘴巴了呢？怎么就进了那个该死的美容院了呢？如果不进那个门，我就不会痛不欲生了；如果不进那个门，我的噩梦也就不会开始了。

美容院里开着空调，还放着舒缓的钢琴曲，是我喜欢的那首《献给爱丽丝》。我吃着零食，听着音乐，任凭美容小姐在我身上抚摸，说实话我早就习惯了人类的按摩，尽管他们的指法经常不到位，时不时地就会碰到我那隐秘之处，搞得我挺难为情，但我和人类待在一块儿的时间长了，知道伪装。我忍受着身体中涌起的浪潮装出一副平静的样子，你若看我的面部表情绝对看不出有什么异样。音乐缓慢地在心里流淌，这首曲子人类其实是听不懂的，贝多芬怎么可能写给一个姓爱的人呢，他要写也是写给家里的亲戚嘛，分明就是《献给贝贝》。哦，我的贝贝，我的女神！

噢，我的宝贝！我的帅哥！

当我的主人极其夸张地拍着我的头，兴奋得像发情的贝贝时，我才从音乐中清醒过来。

全美容院的人一字排开全都站在我的面前，一个劲儿朝着我点头，煞有介事地对我进行着点评：帅！酷！酷毙了！

　　我站起身来，一个箭步跨下了美容床，走到镜子面前……

　　镜子中有一个大头怪！那只怪物除却头与尾巴上留有蓬松的白毛外，身上的毛全部被剃掉了，只剩下了粉红色的一层皮。那粉红色的皮肤上有很多褶皱，像极了刚出生的小孩的身体，丑陋无比。我冲着那只大头怪拼命地吼叫，惹得一屋子的人哈哈大笑。当我明白过来那个大头怪其实就是我自己时，彻底蔫了。

　　后来，我是怎么被主人牵回到车上，又是怎么被带回的家，一概记不得了。这一段记忆似乎消失了一般，我像一个烂醉的人昏睡在车厢里。

　　在家里待了整整三天，我一直没敢出门，躲在那座漂亮的狗房子里，除了尿急了到天井里撒泡尿外，一直没有出来。狗房子里没有装空调，热得我成天吐着长舌头。主人见我热，嘀咕道：都剃了毛了怎么还热呢？唉，都说人类有文化，这是有文化的人说的话吗？狗哪有汗腺啊？！你见过我们身上的毛被汗给浸湿过吗？唉，有文化的人类，却让我吃了这没文化的苦。

　　三天不吃不喝，我那张以愁容满面著称的脸越发愁容满面了。比我更加忧愁的还有我的主人。这三天里主人也是吃不好睡不好，想尽了法子逗我开心。我的玩具又增加了好几个，但是，我就是开心不起来。我没脸见我的贝贝了。唉，我的贝贝，你可千万别让陈小凯给追了去啊！

　　一想到贝贝可能和陈小凯好上了，我就痛不欲生，想去见她但又怕被她取笑。正当我纠结得不行的时候，贝贝好像也熬不住相思之苦，主动找上了门。主人牵着贝贝把她带到了我的别墅前，还对贝贝说：快去看看你的小熊吧，它现在可潮啦。一见到贝贝，我兴奋得腾一下站了起来。趴了三天，身上的骨头都有些僵了，我伸了个懒腰，使劲地甩了甩头，然后开始甩身体。

哎呀，你个大流氓！怎么光着身子就出来了？衣服呢？

贝贝的尖叫声把我身体中喷涌而出的激情一下子给推了回去。腿一软，我又趴回到了地上。我要让自己矮下去，尽量矮下去，就像被扫黄大队扫出来的小姐，尽量蜷缩起身体一样。我低下头，眼皮都不敢抬起，结结巴巴告诉了贝贝我被美容的经过。

贝贝听完了我的叙述，没有表现出一点点同情。她用鼻子冲着我哼了两声，一句话都没留下，像潘金莲似的扭着她那大屁股摇摇摆摆离我而去了。

贝贝这一走、一骂，却把我给骂精神了。我突然想起了人类一个作家说过的话：我是流氓我怕谁？对呀，我是流氓我怕谁？我怕谁?!

接下来的日子，我彻底改变了，变得耀武扬威起来，公然地光着身子走街串巷。我的回头率迅速攀升。主人和我一样趾高气扬，她一点都没感觉到难堪，并不觉得牵着一个光着身子的异性行走是一件丢人的事。既然她这么大方，我又何必做出一副矜持样，假装正经呢？

那天在路上，远远地我看见了一只很像贝贝的狗，便大步走到她跟前，绕着她转了一圈，然后停在她的身后表示友好，在她的屁股上嗅了嗅。只要是狗都知道，我们狗见了面嗅嗅屁股就如同人类握手一般自然。哪知那个不知好歹的家伙学起了人样，掉转了身体藏起屁股，冲着我大叫了起来：畜生！禽兽！我的自尊心受到了极大的伤害。要知道，即便是流氓也是有自尊心的。我用哈哈大笑来掩饰自己的自卑：哈哈，小丫，你是在骂我呢还是在和我调情啊？

沮丧的我行走在大街上，看着路上的行人一个个衣冠楚楚的样子，我嫉妒得发了疯，冲进一家卖衣服的商店，叼起一件衣服就跑。

　　我不想再做流氓了，我要穿一件像模像样的衣服，即使被喊作禽兽，也要做一个体面的禽兽。我要做衣冠禽兽！

小鸡与麻雀

一年春末，在炕坊工作的朋友，给了我几十只未能孵出小鸡的蛋。当我把那些蛋放在水龙头下冲洗，准备下锅煮的时候，一只小鸡竟然破壳而出，晃晃悠悠地站在厨房的操作台上，"叽叽叽"叫着，声音微弱。正当我犹豫着是否要把它抓进锅中时，在客厅玩耍的女儿听到了小鸡的叫声，兴冲冲地跑进厨房，踮着脚捧起那只站立不稳跌跌撞撞像喝醉了酒的小鸡就跑。女儿把它放在太阳底下晒了一下午。傍晚时分，小鸡身上的羽毛全干了，居然迈开了步子，在阳台上和女儿嬉戏开了。六岁的女儿指着小鸡说，她要把它养大，她决定做它的妈妈。

我不许小鸡在家中乱走，生怕它到处拉屎，所以它的家只能安在阳台上。我给小鸡准备了一个纸盒，小鸡很新奇，好像乔迁新居的主人一般，又激动又兴奋，进进出出地忙活着。小鸡安了家，跟随小鸡搬家的还有我的女儿。我发现自从女儿宣布做了鸡妈妈以后，白天就再也没离开过阳台，始终关爱地注视着她的"孩子"。小鸡在太阳下睡觉，女儿就在一旁安静地晒太阳。我乐得安静，没去干涉他们。小孩多晒晒太阳也好，这样还可以补钙呢。

转眼到了夏天，聪明的小鸡睡午觉时，躲到了花盆的阴影里。我的傻女儿无处藏身，只好把家又搬回屋内。一天，我正在午睡，迷迷糊糊听到许多麻雀的叫声，隐约还听女儿在低吼。我很奇怪，翻身起床，站在窗口朝外面张望。阳台上不知从哪里飞来了一群麻雀，来来回回低飞在女儿的身边。那些麻雀叽叽喳喳叫着，语速很快，像泼妇骂街似的。女儿也不理会那些失常的麻雀，只顾抱着她的"孩子"，朝着一只花盆使劲地跺着脚，由于用力过猛，或许是因为紧张，好几次，右脚狠跺下去时，跟跄着，险些摔倒。

我循着女儿的目光看到花盆后面有一只黄鼠狼，正虎视眈眈看着女儿手中的小鸡。它显然并不害怕女儿对它的低吼，难道它也知道这位"鸡妈妈"还是个孩子？我拉开阳台门一边大吼一边拿起笤帚，朝着那只黄鼠狼挥舞。麻雀们并没有因为我的突然出现而惊慌逃散，它们居然飞上飞下给我助阵，嘴里还跟着我大吼大叫，叽叽喳喳，叫骂个不停，那场面热闹得很。小鸡在它"妈妈"的怀里一点儿都不恐惧，"叽叽叽叽"给我们叫好，"叽叽叽叽"笑着看热闹。在我们击退了"敌人"以后，那群麻雀居然没有散去，有好几只还停在阳台上，蹦蹦跳跳地在女儿的脚边游玩，和飞不上天的小鸡像朋友一样亲密。我奇怪极了，傻愣愣地看着眼前的一切。这一幕怎么会在生活中出现呢，这分明是童话世界里的场景啊。那群麻雀显然是为了保护小鸡而来，它们啸叫着是想击退黄鼠狼。令我更为奇怪的是它们竟会不怕人类！在我的印象中麻雀是最胆小的鸟类，而且性情刚烈，若想把它当宠物一样饲养在鸟笼子里，它们会不吃不喝，直到饿死在困住它们的人类面前。

女儿蹲在小鸡的身边，不停地用小手安抚着她的"孩子"，嘴里还不停和它说："不怕，不怕，有妈妈呢。"突然，她像想起了什么，转身跑回厨房中捧了一把米出来撒在阳台上。那些麻雀也不客气，纷纷飞落下来，大模大样头靠头和小鸡一起分享着美味。至此我才明白，原来女儿在喂她的小鸡时，也喂养了这些飞在天上的"孩子"。

动物常常是很通灵性的，它们也懂得感恩，人类对它们的关爱常常会得到回报。其实要和动物做朋友并不难，关键在于要用心去感受，用爱去和它们交流。毕竟人与动物生活在同一个地球上，不是永不交叉的平行线，而更像是密切相关的同心圆呢。

小鸡最终没能逃过被吃的厄运。趁家中没人，那只黄鼠狼叼着它的"美味"跑了。女儿眼泪汪汪的，好几天都不愿到阳台上去晒太阳。我常常在想，黄鼠狼袭击小鸡的时候，那群麻雀是否来过，不知道它们之间是否进行过一场恶战。在小鸡被叼走的那一刻，麻雀们一定非常难过。在它们伤心离去时，会不会怨恨我没能看护好小鸡而指责我不负责任呢？它们还会回来吗？

|第五辑|

酸味书香

酸味书香

　　说实话，当知道我们家被评为书香之家时，我心里是很高兴的。毕竟得到认可是件值得庆贺的事。我想，这以后若再被别人介绍为出身于书香门第时，我便可以坦然面对了。这就像在没有加入省作家协会之前我不敢妄称自己是作家一样。现在不是流行什么官二代、富二代嘛，那如今我的娘家有了书香之家这一称号，作为子女，我就是个"文二代"了。

　　对"书香"二字的理解来源于我的爷爷。我的爷爷是位老师，他好读书，而且很聪明。在我儿时的印象中，没有他不认识的字。他藏有很多古书，那些书的纸张均已泛黄，而且都是竖排版的。可惜在"文化大革命"时被烧得所剩无几了，但有两部中华书局、商务印书馆印刷发行的《辞海》与《辞源》，被完好地保存了下来。书香的典故便是爷爷边翻开《辞海》边讲给我听的。"书香"源于一种草，叫芸草，它不仅有特殊的香味而且可以防蛀。古人为了防止蛀虫咬食书籍，便把芸草放置在书中，久而久之，书中便有了清香之气，后来书香即代表书籍，更代表文化了。

　　在读书氛围中长大的我的父亲同样是爱读书的。二十世纪八十年代初，那是一个物资匮乏的年代，我记得因为我家有一个装满了书的大书橱而让很多人羡慕。父亲的忘年交很多，家里常有白发的文人、老师来做客，聊的话题往往与文化有关，一杯清茶一聊就是一个下午。我认为父亲的聪明远远超过了爷爷，因为我从他那里所得到的知识是繁杂的，什么历史考古、什么乐理乐谱甚至如何养花、养鸟、捉虫都能从古人写过的文章中道出许多人生哲理来。每当我缠着父亲问东问西时，父亲总对我说：看书去，书里自有你要的答案。

可惜，从小我就有些叛逆，父亲希望我做的事情，我都会大打折扣，甚至会背道而驰。很多人羡慕我有一个好的家庭，可作为孩子的我却认为，生在这样的家庭是极其不幸的。我感觉我被很多的规矩束缚着，我时常想挣脱那无形的束缚。背地里，我把父亲以及与父亲交往的文人们统称为"酸人"，只要家里来了"酸人"我便会一溜烟儿逃离家，生怕自己被那酸气给腐蚀了。

我的名字中有一个玫字，爷爷说这个字是一块美玉。长辈给起名字没有征求晚辈意见的道理。玫，就成了我的符号。但我一直不喜欢这个名字，直到有了网络，很多人在起网名的时候，我突然钟爱起了这个字。我把这个字拆开变成了"王反文"。突然间，那小时候一直束缚着我的来自于文人的规矩，似乎被挣脱了，我终于可以用这样的方式来反对与文人、文化有关的一切酸腐气。因为这个名字，我好像和那些被我称作"酸人"的文人们一下子拉开了距离。

我一度厌恶读书，是我的母亲拯救了我。

我的母亲是扬州人，出生在一个小资家庭，因成分不好而插队到兴化。我家老屋的堂屋中间，摆放着一张八仙桌。这张八仙桌比一般人家的大一点，而且也高一些。我和妹妹写作业都是跪在桌子边的长凳上，有时候跪得膝盖疼，妈妈劝我们坐到旁边的小板凳上，就着一张矮桌子做习题，但我和妹妹是宁可挨痛也不愿离开这张八仙桌的。因为我的母亲喜欢坐在桌子旁边看书，靠着母亲大概是每个小孩的愿望吧。母亲爱看书，特别爱看外国小说。我对很多外国名著的了解，其实都来自母亲的讲述。如果让我介绍一下我的母亲，我的眼前一定会出现母亲手捧着一本书，悠闲地坐在藤椅上读书的样子。

父母对孩子的影响是潜移默化的，一言一行都会对孩子产生深远的影响。或许短时间内不会发觉，效果不很显著，但随着时间的推移，那已经深入骨髓的影响会冷不丁地冒出来，一发而不可收。我就是一个典型。如今，坐在书房中读书已经变成了我的习惯，一日不读书，心里就会发慌，好像丢了什么似的。我现在的藏书也快赶上父亲了，而且还在不停地积累中，每月都会花上几十甚至几百元去购书。

因为读书，我结缘了文学，认识了很多读书人。近年来，我更是爱上了写作，已经出版了两部长篇童话，还出版了一部长篇历史小说。

为什么我又走到了文人成堆的地方去了呢？难道说我骨子里早已经被那股酸性物质给腐蚀了？要不我怎么会如同一棵白菜似的，自愿地跳进了一个"酸菜坛子"中，毫不犹豫地化身为酸菜，还喜欢上了那股酸味了呢？

是的，我早就被腐蚀了，我离不开那个"文"字。正如我的一个好友说：王反文，这个名字本身就够酸的。什么人会反文？文人啊，不是文人他怎么会知道该反什么呢？你看看，你想丢掉那个"文"字，那个"文"字不是依旧在你的名字里，如影随形吗？

爱与被爱

　　我可以很骄傲地告诉所有的人，在我班上学习作文的孩子，对作文都有一种执着的热爱，没有畏惧感。面对学生们上课时的热情，我常常想，他们是因为爱上了写作，还是爱上了我？

　　我们都有一个经验，只要喜欢这位老师，必定会喜欢上他的课，甚至这一门功课是所有学科中最好的。那么学生爱上我，对于他们提高写作水平不是有很大的帮助吗，何乐而不为呢？

　　每逢接手一个新的班级，我都喜欢向学生们做一番自我介绍："我叫单玫。我是你们的大朋友，只要不是在课堂上，你们都可以不喊我老师，可以直呼其名。当然不可读错别字，把单玫读成'dan mei'"……接着我会告诉他们我的性格特点以及所取得的成绩。我喜欢写作，每天都有记日记的习惯，有时为了完成一篇文章，我会熬夜，会忘了吃饭……起初我并没有想到这样的自我介绍会与学生喜欢上作文课有关联，但是，如今看来，第一次见面所说的这段话，确实在孩子们的写作上起到了不小的作用。学生因为年纪小，是最容易被引导的，他们会在身边熟悉的人中找寻自己的偶像，老师便是他们最容易崇拜而模仿的。我给孩子们的印象除了幽默与容易亲近外，他们还看到了我的努力。每周我与他们一起度过半天的时光，这段时间里我们相互观察着，孩子们通过自己的观察证实，老师确实如她自己所说，有爱阅读的习惯，坚持不懈地写作。有些孩子在家里也许不爱看书，但到了这个课堂上，到了这个阅读氛围非常浓厚的环境中，他会自觉地拿起书本来，很快沉浸到文字当中去。

爱因斯坦说过，兴趣是最好的老师。兴趣，对一个人一生的发展与成就都有着非常重要的影响。我小时候对故事特别感兴趣，爱听故事，爱读故事，还爱讲故事给别人听。参加工作以后，我最爱做的事情就是在课堂上给小朋友们讲故事，书本上的故事讲完了，往往会即兴发挥，自己编起故事来。爱讲故事给人听的习惯，为我完成长篇小说的创作打下了坚实的基础。

球星贝克汉姆三岁时便对足球产生了极大的兴趣，从儿时无意识的"玩"球到长大后的专业训练无不与他对足球的热爱有关。更幸运的是，他有一位懂得鼓励与激发兴趣的父亲，从而使他成为了一名世界瞩目的球星。这正应验了德国著名的教育家第斯多惠说过的一句话："教育的艺术不在于传授本领，而在于激励、唤醒和鼓舞。"

没有哪个孩子天生就爱写作文，一般情况下是能不写尽量不写，能少写尽量少写。如果再遇到一位不懂得激发孩子兴趣的老师或家长，或许，作文就将成为学生最为头疼的一门功课了。用生拉硬拽的方法来提高孩子的写作水平是不可行的，他们会因为被强迫而心生抵触，只有用各种孩子们感兴趣的方法，激发他们的写作热情，才会让他们在不知不觉中"上当"，从而爱上写作。好孩子是夸出来的，我在他们的作文中哪怕发现一个小小的亮点，都会把它列出来，"狠狠"地表扬一番。有很多同学在我的表扬下，增添了自信。当我看到他们那一张张因为被表扬而兴奋的小脸时，我非常开心，甚至和他们一样激动。这种教学方法是成功的，我看到了被表扬后，那些小优点在慢慢扩大。或许我的一句表扬与激励的话，真的能唤醒学生自觉写作的意识呢。

现在，我很高兴地看到，每当在我将辅导作文的时候，孩子们会主动问我："老师，今天写什么？"有时候，我会和他们开玩笑说："不写，好不好？"他们会异口同声地说："不好。"我发现他们现在有满肚子的话要倾诉，他们找到了倾诉的方法，那就是拿起他们手中的笔，抒发出他们的情感。

学生在他们的习作中曾经写道："我在单老师班上已经上了两学期了，真希望永远做她的学生，更希望天下所有的老师都像她一样和蔼可亲。"甚至有学生在离开我这个班级后还特地写了一封信给我，信中说："您特别爱鼓励人，那些激动人心的话语如同涓涓细流滋润着我的心田，让平凡的我开始有了作家梦。"信中的那句"单老师，我爱您"至今鼓舞着我，让我更加坚定地去做一个被孩子们喜爱的老师，做一个让写作变得简单快乐的人。

猫的尾巴

　　三年级的时候我们班换了语文老师，这位老师年轻漂亮，她的皮肤特别白，眼睛很大，但稍微有些外凸，像金鱼的眼睛。我虽然这么想着，但从不敢对人说，生怕被老师知道了，把我喊去训斥。

　　一次上课，老师问："同学们，猫的尾巴像什么？"很多同学举手，有的说像小绒球，有的说像鞭子，有的说像木棍。老师微笑地看着学生们点点头说："嗯，同学们回答得很正确，猫的尾巴是有变化的，生气的时候会竖起来，像小木棍。"

　　我始终低着头不敢看老师的大眼睛，因为我在作文里写道："小猫生气了，尾巴竖着，像电线杆一样……"

　　"今天，我来读一篇作文……"接下来的时间，我仿佛被丢进了炭炉中，被烘烤得满脸通红。老师读完了作文，一脸不高兴，她对着全班同学说："这次我就不点名批评这位同学了。但这位同学一定要清楚，猫的尾巴是不能像电线杆的，这个比喻不正确。"

　　班上的同学好一阵哄笑，左顾右盼地寻找这篇作文的主人。我强忍住眼泪故作镇定，生怕被同学揪出成为他们的笑柄。回到家以后，我把这件事告诉了做老师的爷爷。爷爷说："你们老师说得对，你的这个比喻是错的。我从前教过一批又一批的学生，他们从来没有像你这样说猫的尾巴像电线杆的。"爷爷说完还特地带我走到电线杆前，让我用胳膊去抱了抱，"猫的尾巴有这么粗吗？"

听完爷爷的话，我哭了。从此，我特别害怕上作文课，也不再喜欢那个金鱼眼一样的老师。

若干年过去了，一天我站在讲台上问学生："同学们，谁能告诉我猫的尾巴像什么？"有一个小男生把手举得高高的，还不停地在摇晃。我点了他的名字，他站起来大声说："猫的尾巴像金箍棒！"

教室里炸开了锅，学生们笑得前仰后合。小男生原本兴奋的小脸蛋在学生们的哄笑声中渐渐变得黯淡，在没有得到"坐下"的口令前，他依旧站着，可是我发现他的身体有些摇晃，双腿弯曲正极力让自己矮下去。

"很好！你的比喻与众不同，却新颖奇特让人耳目一新。"我微笑着示意他坐下。然后面对学生说，"苏东坡曾作诗形容自己妹妹的脸长，他说，'去年一滴相思泪，今日方流到唇边。'人的脸会这么长吗……"

小男孩的眼睛亮亮的，我知道，从今往后他绝不会害怕作文课。我甚至在想，将来当他以自己丰富的想象力创造出奇迹的时候，说不定还能想到猫的尾巴呢。

顽皮而滋生的幽默

——读房向东散文集《醉眼看人》

文如其人。这本书中有一篇文章就叫《顽皮的小老头》，是写鲁迅的。把本书从头读到尾，不时忍俊不禁，作者的形象、作者的文风也跃然纸上。房向东先生就是一个顽皮的人，因率真而顽皮，因心灵自由而顽皮。从某种意义上说，这是一本由顽皮的人写出的顽皮的书、幽默的书。

这本散文集专门写人，共分六辑，从写泰斗级的人物如鲁迅、胡适、钱钟书等一直写到他自己，分别是：牛人、文人、友人、邻人、亲人与鸟人。书中文章，为我们展示了许许多多活灵活现的人物，这本书就像一部人物画廊。但这些人物不是油画的创作技法，也不是水彩画，它们更像具有讽刺意味的带幽默感的漫画。

我偏爱他书中写文人与友人的那几十篇文章。《面试》《拆墙记》《窥探》《写诗的人》等几篇文章中的人物，我感觉便是运用了漫画的手法，略带善意的挖苦与讽刺，让生活中似曾相识的人物鲜活地站立在我们面前。房向东先生善于捕捉生活中有幽默感的平常事，让人在读此类文章时会心而笑。《面试》一文中的韩素洁虽然是清华大学的高才生，但为人极有城府，面试时矫揉作态被考官方向明一眼看透，在讨论录用问题时，他指出了韩素洁的矫情与城府："她如果出身豪门，可能是薛宝钗；如果出身贫寒，大约是袭人。"他的感性评价非但没有被作为参考建议，而且还有可能被同是考官的齐大任转述给了已被录用的韩素洁。文章中这样写道："韩素洁到社里后，碰到方向明，脸上总是素素的，视若无人，从不打招呼。"读到这里，不禁替方向明忧虑起来。作者似乎看到了我的忧虑，继续写道："他是多虑了，不久，方向明被提为副社长、副总编，韩素洁的脸再也不是素素的，不要讲五六米，大约十米之外，她的脸上就绽开着冷白的热情的桃花……"人性的丑陋在桃花绽放的瞬间一并展现在读者眼前。作者用漫画式的笔调，在短短的篇幅中刻画出了几个看得见、摸得着的人物形象，耿直的方向明、装作沧桑的齐大任以及"高"情商的韩素洁，如画漫画一样，笔画虽简单，却传神。幽默是有力量的，它能让你在会心一笑的同时，体会出作者心态的沧桑。

恩格斯说："幽默是具有智慧、教养和道德上的优越感的表现。"它绝不等同于滑稽，绝不是肤浅、无聊、庸俗的搞笑。幽默是对智慧、聪明和博学的巧妙应用。那位诗人黎登高，"单纯、书呆，也不乏热情的一面。他与你说话，不时地往你身上凑，激动起来了唾沫星子像诗句一样乱飞，但传染的不会是感冒，只会是诗人的气质。"这是《写诗的人》一文中的描写。这可能是作者所特有的调侃吧，他用"房氏"幽默，把一个个人物形象直接"搬"到读者面前。《忧伤的国歌》中的女老板，"脸不大，眼睛却特别大，那眼睛弥漫着伦敦的雾"。"电影看完，夜和龚明德的学问一样深沉"。这种看似前言不搭后语的由此及彼的描述，在给人不着调之感时，也会让人发出会心一笑。

"鸟人"一辑的文章都是写他自己。他拿自己的"光头"开涮，"曾有一段时间，敝人的头发秃得厉害。头的正中，简直像山林中的一块秘密军用机场……""牙齿也掉了几颗了，唱歌漏气，大街上视若无人，如此不着调，我还真成了'无齿之徒'了。"《简单》一文中写自己买书，"见了好书就像见了美女，还得将其收入后宫，至于何时'宠幸'于'她'，只有天晓得！"书变成了他的嫔妃，他在自己的书房里完成了"皇帝"梦。只有心灵自由的人才可能是幽默的，只有内心强大的人才能调侃自己。

文章中的一些语句可以称得上是呓语，甚至称之为秽语也不为过。"鸟人""娘希匹""狗屎"等，看似粗俗，但放在恰当的人物身上真是恰到好处。斯人而有斯疾，斯人而有斯语。正是这些词，正是这样的描写才得以让文章有了动感，那些人物才会立体地站立在读者面前。

房向东先生是一位富有哲思的作家。曾为他出版过《喝自己的血》的贺雄飞先生称他为"思想高僧"。我认为这样评价是准确的，不过我更想加上"幽默"二字，他有思想，但他更是一个幽默的"高僧"。因为房向东先生善于从司空见惯的事物中用广博的知识、敏捷的思维，妙趣横生地阐释着人生的真谛。在他的文字里很难找到"鸡汤文"式的强加于人的肉麻说教。但在读书的过程中，我却每每掩卷沉思，人生的诸多问题，在那些平常人、小人物的不同命运里找到了答案。他不会死板地说教，而是让你在会意中发出微笑。这是幽默的力量。

在一般人的印象中，"思想高僧"往往是高高在上地指点江山。而房向东先生却拥有一颗赤子之心，他像一个顽皮的小老头一样随时会出现在我们身边。步行回家的路上遇见小孩跳绳，他也跳出一身臭汗，"可是，一不小心，跌了一个狗吃屎，膝盖上渗出了血……""11点多离开办公室……突发奇想，把电梯从2层开始……一直按到顶层，让它空跑！"这孩童般的顽皮不无使坏的成分，但通过这一细节，我们看到了他未泯的童心。在酒桌上与人划拳，居然是这样出手："第一次是拳头，第二次还是拳头，第三次仍然是拳头；结果对方喝酒。第二个人上来，他以为我肯定要换了，我还是不换……结果还是对方喝酒。第三个人上来，我没有不换的理由了吧？我一成不变地出拳头。大多的情况下，还是对方输。"如此一成不变地挥舞着拳头，傻憨却也可爱。如此如孩童一般的"思想高僧"，在生活中应该是不多见的。

房向东先生还是国内知名的鲁迅研究专家。"牛人"一辑写的是民国时期的文人。写这些泰斗级的人物时，房向东先生依旧保持了他的"房氏"幽默，鲁迅是"顽皮的小老头"，还有"狗脾气"；高贵的钱钟书与杨绛是"素心人"……能把这些举足轻重的人物写得如此生动有趣，与他拥有一颗赤子之心是分不开的。我想，只有拥有赤子之心的人才会是幽默的吧。

"醉眼"指的是酒醉后迷糊的眼睛，我见过很多双那样的眼睛，自己也曾迷迷糊糊地透过一双蒙眬的醉眼看人，哪里能看得清人的模样?!更别说能看透一个人了。读这本书时我常常会发出这样的感叹：这哪里是醉了，入了他的法眼，便无所遁形了呀。透过房向东先生的眼睛看人，越看越清晰，怎么会"醉"呢？

如果我是一个漫画家，我一定要为房向东先生画一幅像：在他那圆圆的光头上布满了大大小小的眼睛，那些眼睛里有若干的人，而他原来的眼睛……正当我苦思冥想如何安排那双眼睛时，我收到了一条微信："看清一个人，一定是你落魄过；看破一个人，一定是你较量过；看透一个人，一定是你付出过；看穿一个人，一定是你受骗过；看淡一个人，一定是你珍惜过；看明一个人，一定是你放弃过；看好一个人，一定是你感动过；看坏一个人，一定是你受伤过。"或许正是因为经历了太多，房先生累了，他想醉一场，让生活变得朦眬起来或更具美感。那么，漫画中他原来的那双眼睛是否可以用两只大大的酒杯来替代？我看行！酒杯里有一双黑色的眼珠，正闪烁着智慧的光芒，幽默地看着世界。

一个真实而美丽的传说

——读刘春龙先生的长篇小说《垛上》

浮坨镇是一个神奇的地方，那里有上万个垛子，如鼋浮于水面之上。那里的人仿佛生活在城市与乡村之间，众口一词地称自己为垛上人。林诗阳便是垛上人。

刘春龙先生的长篇小说《垛上》以主人公林诗阳曲折的人生经历为线索，书写了改革开放前后三十多年来这个大时代背景下的人物以及一个乡镇的命运。一部好的小说往往会让人爱不释手，它可以创造出一种人生体验，让人置身其间，在作者营造出的小说氛围中生活着、感受着。

翻开此书，眼前是一片水乡泽国，那里有神奇的地貌，有美丽的传说。小说开篇便向我们展示了一幅水乡特有的风情图。这一幅图以黑、白、灰为主色调，偏冷的色调所营造出的历史感，一下就把读者拉入到了一个特定的年代当中。船桨划出的水声，声声击打着人的灵魂，阵阵涟漪看似平淡，却延伸到河面的边缘。

林诗阳高中毕业那年"文化大革命"还没有结束。人的命运与家庭成分密不可分，因为外婆家是富农，导致主人公经历了一次又一次的挫折。三侉子支书的刁难把林诗阳挡在了就业、当兵、高考的大门之外。书读到此，林诗阳的形象在我的心目中与那个时代的知青重叠了，我的眼前闪现着成千上万的知识青年的形象。作者虽没有浓墨重彩地描写那个疯狂的年代，却通过人物的命运向我们展示了那段不堪回首的日子。

主人公命运的转折看似因为自身的优秀以及亲生父亲沈俊杰的暗中帮助而得到了改变，然而作者在小说中不停地暗示时代的变化。通过林诗阳的老师，曾被劳改的东郭晨告诉读者："一切都好起来了，不仅我们这些人平反了，四类分子也要摘帽子，地主富农子女也要重新定成分，这世道变了。"这是一个时代的终结与另一个时代的开始。

林诗阳不仅是改革开放的见证者，还是参与者。浮坨镇翻天覆地的变化与林诗阳的努力是分不开的，如开发双虹湖、建立脱水蔬菜厂以及筹备"千岛油菜花旅游节"。浮坨镇从小小的荷城走向了全国，改革开放给乡镇带来了巨大的变化。

小说结尾，浮坨镇的发展交给了下一代，改革开放所带来的弊端也交由下一代来修正了。

小说是虚构文学，然而用评论家谢有顺先生的话说它却又是——活着的历史。刘春龙先生便是用小说的形式记录下了一段历史。这部小说在我看来是为一个乡镇的变迁留下了一个标本，它为我们留下了历史的记忆。

爱情是小说永恒的主题之一，有男女的地方就会有爱情。尽管爱情很难用语言解释清楚，但是当我们在小说中读到因为爱而生出的种种情绪时，却又能通过自己的感情去领悟。这部小说讲述了三代人的爱情，重点描写了发生在主人公林诗阳身上的四段爱情故事。

与浮坨镇姑娘英姬的初恋浪漫而又热烈，作者把人物第一次尝到"情"的滋味以及被生命逐渐震撼的过程，描写得淋漓尽致。他与两任妻子相遇、相识、相爱的过程颇具神奇色彩。特别是第一任妻子的失踪，这段情节设计跌宕起伏，让读者深陷于作者精心设计的故事情节之中而不能自拔。当读到失踪的妻子出现继而再次失踪时，由此，我得到一个启迪，过去的永远过去了，强拉硬拽到眼前的旧梦并非美好的过去。

林诗阳与沈涵的爱情是无奈的，作者"残忍"地把一段我认为是真爱的生命体验生生给斩断了。这段爱情的描写从诗歌开始，直至身世之谜被揭开而结束。然而，那若有若无的爱恋始终纠缠着爱情中的两个人，即便是面对现实而分手后，那深藏在心灵深处的爱却挥之不去。这段爱情的描写不仅有诗的意境，还有歌的缭绕。

　　　　　　一条条小河哟流过三十六个垛，

　　　　　　哪一个垛上住着我哥哥，

　　　　　　水绕垛来垛恋水，

　　　　　　哎呀我的哥哥啊，

　　　　　　你可曾猜出妹的愁。

　　　　　　一声声渔歌哟飘过三十六个垛，

　　　　　　哪一条船上住着我哥哥，

　　　　　　鱼水相欢情谊长，

　　　　　　哎呀我的哥哥啊，

　　　　　　你可曾听懂妹的歌。

　　　　　　一阵阵秋风哟吹过三十六个垛，

　　　　　　哪一片湖上住着我哥哥，

　　　　　　天上月亮水里望，

　　　　　　哎呀我的哥哥啊，

　　　　　　你可曾知道妹想哥。

虽然这首歌在描写林诗阳与沈涵的恋爱中不曾出现，但我觉得它始终贯穿在林诗阳以及垛上人的生命里，那"三十六个垛"是他们的根，他们的生命之花在垛上绽放，代代延续。

小说中对浮坨镇的传说有多处描写，特别是双虹湖上的海市蜃楼。雨后的湖面上不时出现彩虹，彩虹里还会若隐若现地出现一座消失了的城池——孝州城。这孝州城在历史上是否真实存在过，一直是一个谜，直至开发双虹湖时发现若干文物才得以证实。谢有顺先生认为，"小说是活着的历史，文学把一种历史的真实放大或再造了，即便世人知道这是文学叙事，也还是愿意把它当作历史来看。"读者在读文学作品时都喜欢探秘，一部《红楼梦》让多少人着迷，不停地考证故事所发生的年代。然而小说家们都会如曹雪芹一般让故事中的时间、地点朦朦胧胧，任由读者自己去体会。那么刘春龙先生这部小说中的故事情节以及故事所发生的地点到底存不存在，人物都是真实的吗，这一切就看读者怎么去解读了。其实小说的生活就是在真实与虚幻之间穿梭。这世间许多事，不正如海市蜃楼一般吗，何必求一个真与假呢？科学认为海市蜃楼是大气折射现象，那么折射出的城池是否在远方抑或在另一个空间真实地存在着呢？小说中多次出现对海市蜃楼的描写，我想，这一细节必定是作者精心设计的。

小说读完了，合上书以后，书中那一个个生动的人物始终流连在我的面前，不肯离去：因为画错毛主席痣的位置被批斗而远离政治、无事不晓的二先生；玩弄政治、贪恋权力的支书三侉子；生性善良、憨厚朴实的捕鱼能手鲍久根……他们一直在我耳边唠叨，驱之不散，继续讲述着垛上人的故事，讲述着一个个真实而又美丽的传说。

谜样的人生与奇异的讲述

——读李冰小说《寻找传奇》有感

    我是跟着小说中的女编辑索菲凡一起去寻找一个故事的，同时寻找一个充满了传奇色彩的谜一样的故事撰写者。在寻找的过程中，我一次次地迷失了自己，不得不停下脚步，站在李冰营造出的梦幻般的世界中，一遍一遍梳理自己的思绪，寻找出口，寻找故事的结局。伴随着这种寻找，我同时在思考着人性，甚至在思考人生。

    这部小说分为三个部分，一是索菲凡对《土狼传奇》作者余海东的寻找，在寻找的过程中不断了解到他的过去。尽管最后未能见到他，却觅得了爱情。二是余海东的小说作品《土狼传奇》，描写一条狼在城市中的种种奇遇及奋斗的历程。三是余海东的一些散文随笔及短篇小说，展示了他的内心世界。

    这部小说运用了故事套故事、两个故事一起说的小说样式，把一个充满了玄幻色彩的故事和一个普通现实中的故事完美地融合在一起，小说中有小说，故事里有故事，多个叙述的声音交替着讲述各自了解的故事。索菲凡寻找作者的部分是平铺直叙的现实生活描写，我认为这一部分在整篇小说中只是起一个引导的作用，而《土狼传奇》的各个章节以及余海东博客中的小说或手记里所叙述的部分，才是作者真正想表达的主体。作者像在拼凑七巧板，把各种文字片段拼贴成文。我想李冰在拼贴的过程中不止一次在修补。这不是简单的游戏，它需要智慧，需要有结构小说与讲述故事的能力。李冰成功地制作了这张巨大的拼图，双重的故事构架吊足了读者的胃口，把一个个故事写得悬念十足，而又不失丰富的意蕴。

我在那看似平行却交叉融合的两个空间里，一路揣摩着故事的发展。我急切地想看清小说主人公余海东的面目，可是这个人物却一直在和读者捉迷藏。从那些昔日的朋友对他的描述里，从他不完整的小说书稿中，从他的博客他的手记，甚至他创作的诗歌中，像剥笋一般，我一点一点地接近这个人物。在这一路找寻作者的过程中，我发现，主人公在不停地逃遁着。阅读小说的过程中，我常常掩卷沉思，他在躲避什么呢？

余海东这个人物显然是一个悲观主义者，他不相信自己有足够的行为能力去承受现实生活中的种种磨难，但他又有一颗欲与生活抗争的心，只好把自己的这种期望寄托到一头狼身上，借着一头狼去一吐胸中块垒。然而，在创作的过程中，他发现即使在小说里也无法摆脱人生的悲剧命运，正如叔本华认为的那样："生命是一团欲望，欲望不满足便空虚，满足便无聊，人生就是在空虚与无聊之间徘徊。"面对痛苦的人生，余海东想不出好的办法，他选择了避世。他不仅在躲避人生，还躲避着自己，因为他发现即使是跑到宗教当中，依然解脱不了内心的痛苦。

余海东这个人物最终没有在小说中出现，但李冰却把他塑造得丰满且有个性。一部好的小说必定是用人物带动情节的。小说的核心任务就是通过刻画人物，塑造典型人物形象来揭示社会生活中的某些本质。李冰的写作是成功的，正是这样一个人物，促使我们不停地思考着他所面对的问题，人生的终极问题。

伊·鲍温说，小说是一篇臆造的故事。只要是小说，就不可能没有故事。没有故事的小说不能称其为小说，有故事的小说却不一定是好的小说，没有深度的故事只是满足低层次读者的猎奇心而已，却经不起时间的考验，最终会被无情地遗忘。这样的故事不等于小说，起码不等于优秀的小说。而好的小说必定是一件艺术品，是富有想象力的作家创作出来的艺术品。李冰的这部《寻找传奇》，他用自身的生活体验创造出一种新的感觉，把琐碎的人类生存现象与心理体验升华成了人生哲学。

让我感觉惊奇的是，这部小说的附录中竟有一本诗歌杂志，是小说中的人物所创作的。那些诗歌被命名为"器物主义诗歌"，并煞有介事地对这一流派的诗歌加以评论。读到这个部分的时候，我不禁拍案叫绝，那些富有才情的诗歌带给我的是非同寻常的感受，充满讽刺意味的苦涩幽默更是让我爱不释手。

小说读完了，合上书的那一刻我在想，这个用奇异方式写出的小说，给我们带来颇具挑战性的阅读。我们阅读这个传奇的过程，多少也参与创造了这个传奇吧。

见自己，见天地，见众生

——读王干荣诗集有感

电影《一代宗师》里面章子怡饰演的宫二小姐说过这样一段话："习武之人有三个阶段，见自己，见天地，见众生。"读书久了，习文久了的人，对这段话大概都会有所感悟，只不过舞文弄墨的人是要把这段话稍做改动的，或许可以把"阶段"改成"境界"："习文之人有三个境界，见自己，见天地，见众生。"

读完王干荣今年出版的三本诗集，脑海里突然就冒出了这句话。古人欲提升境界，一来闭门读书，可见自己；再有就是出门游历，可见天地，见众生，这才有了读万卷书、行万里路的说法。只是那会儿交通不便，多数人一生不过是局限于一村一城中，见天地众生谈何容易。

然而王干荣因为有一段军旅生涯，在广阔的天地间磨炼过，以文会友，以酒会友，谈笑往来间有鸿儒，亦有白丁。他是见过天地、见过众生的人。

诗集中有一首诗《我选择了海》。

用太阳的金丝月亮的银丝

镶嵌我湛蓝的梦

用炭火般的心和烧红的

十八岁的年华

来领略大海的辽阔

我选择了海
把血液里奔涌的誓言
和青春蓬勃的激情
浸润在这钢铸的犁上
在大海的疆场
再犁开一道道白色的浪
然后播种和平的玫瑰
⋯⋯

湛蓝的梦，炭火般的心，犁开的浪⋯⋯不难读出作者的热烈与躁动。我不知道这首诗的写作年代，但是我从诗中看到作者走进广阔天地时的激动，一个新天地展示在他面前时的欣喜。

渴望激情！诗化的生活开始了！写作成了生命的一部分。

《士兵》《枪与军人》以及那些描写大海的诗篇，那些澎湃的诗句深深震撼了我，我只想说他是蘸着自己的热血在热烈地歌吟。

《暖河流》这本诗集中有一辑写的是"身边的风景"，那里写到《卖豆腐的乡村少女》《划船的农妇》《小巷口的聋哑修鞋匠》，还有我熟悉的《沈海波》《垂钓的老者》《七月荷》等写人的篇章。"人上一百，形形色色"，只要是有人的地方，只要是人多的地方，就会有各色各样的人。有趣的是我们常常能从别人身上看到自己，两个人相互吸引，说不定吸引你的正是自己所具备的品质，欣赏别人的同时也是对自己的肯定。当然厌恶一个人，或许你厌恶他的某种品性也曾在你身上出现。所以自己想成为怎么样的人，自己想要过什么样的生活，我想，或许只有在见过天地、众生后才能明白。读万卷书行万里路以后，回过头再见自己，收获的应该是对生命的感悟吧。

《为我画像》这首诗是作者的自画像，诗中写到紫铜色的脸膛、包裹地球的黑发、鹰翅一样的眉峰、山海的胸膛……描绘出的是一个气宇轩昂高大的军人形象，我觉得这只是作者生命中某一个阶段对自我的认识。真正写出自己的应该是最新出版的诗集《美丽的点燃》。

又是一年中秋夜

那轮月亮没有登场

是因为我情感灰暗

还是为我的过错

被月老锁住了月宫的大门

我一直在伤感

我一直在忏悔

我辜负了你的皎洁、圆润

我辜负了你的银辉、铺排

我在黑暗的夜里

轻轻唤你的嗓门

开始大起来

颤抖的树梢与河流

也在陪我

一起喊你来

月牙也罢，满月更好

只要你出来

这是新诗集中的一首《喊月亮》。

写了一个深夜无眠者的孤独、徘徊，皎洁的月亮一定曾经对他微笑过。通读了王干荣的诗集，我发现他特别善于运用意象创作，如果不去深读或许我们只能在他的作品中看到月亮、树梢、河流等物或景，而悟不出他要表达的意境到底是什么。毕竟，"境生象外"啊。那么这里的月亮是什么呢？高长虹笔下的月亮据说是心仪的许广平。王干荣的月亮这一年没有出来，是不是暗示着有一个人曾经在他的生命中出现过又匆匆走了？个中况味，我想也只有作者与那个如月亮的女人知道了。

另一首《兵荒马乱》，应该是记录了作者曾经的一段情感经历。

　　　　可以说
　　　　她是我的一枚珠宝
　　　　她是我的一缕阳光
　　　　她是我的秘密

　　　　她是我心口的朱砂梅
　　　　多想抱着她
　　　　但见到她的时候
　　　　就兵荒马乱
　　　　就将自己抱紧

不难看出，对某某人，作者是很上心的，抑或动了真情。

这本诗集里的诗歌全部是作者情感的记录，写的都是作者自己。应该说这本诗集是最私人化的写作，非常珍贵。

记得我刚认识王干荣不久参加过一个诗歌会，当时让我发言。我胡言乱语地说："我不会写诗，即使读诗也是读别人的诗，做自己的梦。"
说实话，王干荣的诗歌语言上变形得厉害，如《如果》中说：

　　　　如果你饥肠辘辘
　　　　请将我的肉割下

　　　　如果你的锦衣
　　　　还短些料子
　　　　请将我的皮肤割下
　　　　……

　　这些表达简直是胡言乱语，痴人说梦嘛，荒唐至极！读这样梦呓一般的诗句，读者自然要跟着做梦的吧。然而，再细细品味，这奇异的语言其实表现的是刻骨铭心的爱。这种"无理取闹"式的语言变形，读懂后会令人拍案叫绝。一首诗歌能够让读者参与其中，各自参悟出不同的意境来，真是妙不可言。

　　"读别人的诗，做自己的梦"这句话，今天我又想拿出来说了。我在读王干荣诗歌的时候常常会停下来做"梦"。他笔下的情感，穿透人心的表达，常常让我突然就回忆起年少的自己了，还有青春期的日子，甚至能重拾那久违的思念到极致的痛。毕竟，人类有着共同的情感和认知啊。

　　今天读到一本能够"见自己"，能够帮助自己"见自己"的好书，幸甚快哉。感谢王干荣。

我与《雨花》的故事

父亲知道我有文章在报纸上发表，嘀咕说："有没有在《雨花》上发过啊？在《雨花》上发过文章才算是作家呢。"他说这话时，我已经是江苏省作家协会会员了，而且还出了书。父亲见我不服气，又说："见过退稿信吗？没见过退稿信，没在杂志大刊上历练过，不算数。"父亲深知我的脾性，从小到大对我的教育，亘古不变地使用激将法。

我知道《雨花》这本杂志时，还在读高中。那一年我在这本杂志上知道了苏童，读到了他的小说《U型铁》，小说里那个铁匠的神秘死亡困扰了我多年，我常常在看到巨大铁块时想起小说中诡谲的气氛，想起一连串有着神秘联系的事物，想起那个有洁癖带有神经质的锁锁……我被这个小说深深吸引了，我爱上了这本杂志里的小说，爱上了这本杂志。

可是，八十年代在我们这个小城中想得到一本《雨花》杂志却是困难的，那时的报刊亭里卖得最火、同学之间流传最广的杂志中并没有它的身影。我只能在父亲去拜访他的老友王浩先生时，叮嘱他帮我借阅。

王浩知道我爱读小说，特地在一个周末的下午来我家喝茶。他那时已经有小说发表在文学期刊上，在兴化是文学学会会长，早已是一位作家了。那天下午他一直鼓励我写作，还要我找几篇在学校里的作文给他看。而我的父亲却无情地揭了我的短。

我对写作其实是不自信的。从小我就是家里取笑的对象，三年级时有一篇作文写动物，我把发怒时小猫的尾巴，形容成了电线杆。老师的评语是比喻不恰当，父母看后笑得前仰后合，这一笑就是好多年。那天，我在空气中弥漫着茶香的下午，再次被"尾巴"丑闻羞红了脸。

作文如此不堪入目，怎么能成为一名作家呢？王浩先生的鼓励在父亲眼里就是对牛弹琴。

在我的印象中，文人都是刻薄的，虽说文人的刻薄杀伤力不大，绝对不会伤及人的皮肉，最多是让人脸红红而已，但，让人脸红却是精神上的一种虐待。我害怕这样的"虐待"。因为这种恐惧，我尽力远离文人，同时也远离了纯文学杂志。这一远离竟然近二十年。

是什么原因让我再次燃起文学之梦的，实在找不出原因。我时常在想，或许正是因为父亲二十年前的奚落而让倔强的我提起了笔。

我借阅了很多像《当代写作教程》之类的书，认真对待起了写作。把堆积在书橱里的名著放到了床头，一遍遍重读起那些经典的文字。我开始给自己制订写作计划，利用中午上班前的两个小时进行写作。渐渐地，我发现自己有了自信，居然还写成了两部长篇小说。

然而，没有在《雨花》上发表过文章却成了我的心头之痛。父亲的话再次让我脸红。接下来的日子，我开始投稿，在忐忑不安中度日如年。

一天，我收到了来自《雨花》杂志社寄来的信件。虽然急切地想知道内容，但我没有勇气当着同事的面拆开那封信。我知道，那么厚厚的一沓，定然是我之前寄出的小说稿，这一封信是退稿信。果然，在我的小说稿上多出了杂志编辑手写的一段话，除了不能刊发的原因外，还有一句鼓励之言。

这封退稿信让我失落了很久，但是能得到《雨花》杂志编辑的认真阅读与评判又让我心里升腾起对文学的崇拜。我崇拜在《雨花》上发表文章的作者，崇拜把那一篇篇文章推送给读者的编辑老师，我崇拜这本杂志。正如父亲所说，退稿信是写作者走向成熟的铺路石。经过两年多的投稿，我的小说终于被《雨花》杂志刊载了。得到杂志的第一时间，我把它递给了父亲。那一刻我深切地认为我之所以写作，是为了我的父亲，为了让他骄傲。

父亲笑了，他说，可惜王浩先生已经去世，否则他一定会很高兴的。原来父亲对我的那番激将，都是王浩老先生教给父亲的。他一直在等待，他始终认为我可以写出好文章，可以成为一名作家。

《雨花》发刊至今已六十年了，它就像我的父亲还有关爱我的王浩先生一样，在我还没出生的时候就已经在那里等待，等待着一个又一个热爱文学的人的出生，然后领着他们走进文学殿堂。

守护纯真

——长篇童话《灵蛇灰灰》后记

　　几乎是一气呵成的，这部童话写得很顺手，我只用了不到两个月的时间，就完成了它。用时虽然不长，但在写作的过程中，我也困惑过，甚至觉得无法继续，是我的学生们给了我动力。我之所以能够这么顺利地完成它，与那一双双渴求的眼睛是分不开的。

　　在写作的那段时间里，每写成一段，我都会拿到课堂上，利用阅读课的十多分钟时间读给孩子们听。他们听得入了迷，下课时，问得最多的就是几个主人公接下来的命运。有一次写到五色鸟遇难，有一个小女生好像看出了我的心思，估计我会把它"写死"，恳请我让它活着，我笑着说："哪有不死的小鸟啊。"

　　她看着我，眼睛里有一汪清泉，很认真地对我说："童话中的小鸟是可以不死的呀。"

　　我愣住了，是啊，童话世界是孩子们的梦啊，我应该给他们营造出美好才对。我答应了她，接下来的写作我对这个五色鸟倾注了大量的感情，从开始打算让它做匆匆的过客，直到最后把它塑造成了陪伴主人公一生的朋友。这个五色鸟真的活在了童话中，我为孩子们守住了一个纯真的希望。

　　童话故事是让孩子了解世界的一个窗口，也是让他们接触社会的最便捷的途径。它可以引导孩子阅读，甚至可以培养他们判断是非对错的能力。童话虽说是杜撰的，但好的故事却往往能够通往人的灵魂深处，能够引领孩子们跨入真实的世界。童话故事中，人物善良的品性，执着追求理想的精神，会让孩子终生受益。

都说写作过程是痛苦的，在没有写长篇的时候，我根本不能理解这句话，甚至觉得说这话的人很矫情。然而，当我完成了这部童话创作后，我感觉自己就像这部童话故事里的主人公灰灰一样，一次一次地在蜕皮。短短两个月的时间，我瘦了近十斤，女儿见我头上有白发，替我一根一根地往下拔，拔着拔着住了手。我知道白发太多，再拔下去头顶那块可能就会出现大大小小的"空地"了。我问女儿她的妈妈是不是老了。她说："写童话的人怎么会与老沾边啊？不老，不老，论心理年龄我还是你姐呢。"

听女儿这么说，我哈哈大笑。

其实，老并不可怕，对于写童话的人来说，老反而是资本。不是有一句话说老小老小嘛。人越老就越可能像小孩一样，更能和孩子沟通。孩子没识字时，启蒙孩子的是童话，给孩子们讲童话故事的不都是白发苍苍的爷爷奶奶吗？

等有一天，孩子们见到我也会亲切地叫一声奶奶，或许那时将是我创作童话最好的时候？！

爱在拇指间

——读《父子拇指情》有感

　　我深深地被唐应淦老师的新著《父子拇指情》中那些看似平淡却饱含深情的文字打动了。老实说，我曾经怀疑过这本书是否有出版的价值。我以为父子之间的那些短信，都是些鸡毛蒜皮、家长里短的絮叨，作者与家人读来会联想起那些短信背后的长长短短的故事，而读者，只能看到只言片语，没有感同身受的经历，如何能被其吸引呢？这本以短信构成的书或许还会毁了作为一个已经出版过长篇小说、发表过若干散文的作者在读者心目中的位置啊。可是，是什么让我突然间觉得这本书必须出版，而且应该推广给更多人阅读呢？在读这本书的时候我经常会不能自已，一次次地含泪微笑。那些流淌在字里行间的爱的表达，那些朴实无华却幽默风趣的短信时时刻刻传递出的爱，让我有了一种强烈推荐这本书的欲望。

　　汪曾祺说："多年父子成兄弟。"中国人表达感情的方式是含蓄的，一般情况下孩子一旦长大，我们的父亲就不会再去拥抱那个和自己一般高的儿子了。我在机场曾见过一个父亲看到走出玄关的儿子时，满眼含泪，大步向前，可当他走到儿子面前时，却没有我预想的那样张开双臂把儿子揽入怀中，他只是伸出了一只胳膊，绕过儿子的身体，用力地拍着儿子的背，然后并肩走出了机场。这一系列简单自然的动作确实能够表达出一种关爱的信息。但很多时候，我们却正是因为不善于表达而闹出许多误会。含蓄内敛的中国人认为亲情不需要语言表达，只要用心理解就行了。可实际上，亲情也是需要沟通、需要交流来增进彼此之间了解的。作为世界上最纯最真的亲情，我们更应该把爱传递给对方，仅仅靠眼神或者动作去表达内心的感受，是远远不够的。语言沟通其实是最好的方式，为什么要丢弃这最便捷、最直接的方式呢？

在没读这本《父子拇指情》的时候，我也猜想过作为父亲的唐老师会不会如大多数的中国父亲一样常常遇到表达爱的障碍，面对儿子的时候或许也会无法直白地说出"爸爸爱你"这样的话语来吧。但是，唐老师是睿智的，他找到了另外一种表达爱的方式，那就是用文字的方式代替了语言，他们用短信传递着彼此的牵挂、关爱、依恋和赞赏。

他们的短信从儿子步入大学生活的第一天开始直至四年后儿子毕业。这长达四年的时间里他们的短信没有间断过，偶尔有一天没有了儿子的短信，唐老师或直接表达出关切："儿子，老爸要你每天报告并不是为了管死你……我们惦记着你，只能这样多了解你的学习、生活、思想……"或幽默风趣地说："孩子，汇报工作时断时续，怎么回事？是手机被盗了还是你被拐了？很不放心！"唐老师的儿子是优秀的，三岁时就已经知道遵守诺言，四岁半就适应了幼儿园的生活，小学时做了少先队副大队长；初中的刻苦努力换来了中考高分，超过兴化最高学府公费班的分数线；被苏州大学录取时超过一本省控线28分。有这样的孩子，作为父母是欣慰的。但我们知道一个优秀的儿子背后，必定有着一位充满了智慧的家长，孩子的成长离不开唐老师夫妇独特的教育方式。

这本以手机短信为内容的书，值得我们这些做家长的好好揣摩，去学习唐老师的这种特殊的教育方式。俗话说：儿行千里母担忧。我们何不如唐老师一般和子女用短信的方式联系着，以减缓对孩子的牵念与担忧呢。

　　唐老师给我的印象是说话风趣，语言幽默，反应特别快。和他聊天是一种享受，看似轻描淡写的问答，里面却深藏着智慧。与唐老师聊天你会不知不觉中提高自己的语言表达能力。有这样一位幽默的父亲，儿子怎能不幸福？

　　我一直认为幽默是一种能力，不是所有人都具备的。俗话说："慧于心而秀于口。"幽默不仅是一种人生的态度，其实更是一种人生的智慧啊。正是因为有了这样的智慧，这本书自然就有了出版的价值。幽默的语言风格使这本书绽放出了智慧的色彩。读者读着，不知不觉中就已经学会一种表达。不得不承认在读这本书的时候，我的心情是愉快的，我会情不自禁地沉浸到他们父子之间所营造的语境当中去，而不能自拔。高尔基说：幽默是生活中的盐。试想，假如没有了幽默，我们的生活该是多么的寡淡无味啊。

　　幽默的短信是一种艺术，流淌着亲情的幽默短信更有其独特的魅力，那是才华的表露，是爱的表达，是智慧的结晶。

被忽视的中等生

——读《为了让你多看我一眼》

读完沈石溪的《为了让你多看我一眼》，心沉甸甸的。

小说的主人公是一个渴望得到老师关爱的孩子，为了达到目的，他把自己变成了一个调皮捣蛋、干尽"坏事"的家伙，以为如此才能得到老师的关注与关爱。这一段少年的心路历程写得曲折、生动、感人。

小说中揭示了"中等生"现象。他们既不是"尖子"，因而不能引人注目；亦不处于"底层"，所以不需要老师的特别帮助，是一群易被忽视的孩子。但是他们跟别人一样渴望得到老师的关心。然而老师的精力是有限的，所能付出的爱无法均摊。

这种现象是普遍存在的。我的女儿在初中阶段尽管成绩不错，但班上的尖子生特多，她只能算是一个中等生。那时的她话不多，也不太愿与人交往，特别怕跟老师打交道。进入高中后她被分配到了一个普通的班级，出人意料地当选为团支部书记。班主任常跟她讨论班级上的问题，交给她一些任务去做。于是她变成了一个极为快乐的人，性格上变得开朗了、活泼了，也乐于帮助人了，交到了不少好朋友，成绩也一直稳定。她的变化与小说主人公截然相反，实在是幸运。

所以，当一个孩子反复地经受被忽略、被轻慢的心理体验，就会丧失自尊、自爱，在自暴自弃中产生无赖的心理特性。一个"差生"就这样诞生了。长期被忽视，缺乏沟通，比批评打骂更容易摧毁孩子的心灵。小说主人公做出了那么多的"坏事"，就是为了让老师多看他一眼，尽管为此付出了代价。没有沟通、没有交流、没有关爱，这是一种真正的"暴力"。就像一个没有色彩的世界，那种空洞和虚无，会比漆黑的夜晚更让人心寒。

少年儿童的心灵像娇嫩的花朵，需要极细致的呵护，一点点疏忽就有可能将它摧毁。沈石溪的这篇小说给成年人敲响了警钟。关爱我们的孩子吧，特别是那些已经习惯了安静地站在角落里的孩子，哪怕是一个善意的眼神、一次小小的关注，都足以温暖他们的心，并且改变他们的人生轨迹。

幽默与真情

——读《怀念狗》

一直喜欢房向东先生的文字，读了这本《怀念狗》后，更添加了一份欢喜，那一如既往幽默的语调和文章中流露出的真情，是读其他小说而不能得的。

喜欢看书，尤其喜欢看小说，并有夜读的习惯，躺在床上翻一本小说，任由小说中的人物左右着我的情感。然而近年来，小说却读得少了，有时在合上书的那一刻，有被作者忽悠了的感觉，有些虚构的情节，矫揉造作，有些夸张的故事让我感觉虚幻。

然而这本《怀念狗》却是作者以自身的经历，记录下他的情感。作者以情感为思维的端绪，以仁者爱生命为理想的观念，让读者边读边思考着人性。那些细腻的描述，让我们在一篇篇作者与生灵相处的文章中，看到了一个男人温情的一面。房向东先生的作品之所以能感动人，不在文字的表面，也不在故事的机趣，而是在这一切背后，所蕴含着的作者的那一颗爱心。我喜欢他对那些小动物的感同身受的入微观察，更喜欢贯穿于作品中的对人性恶的一面的鞭笞。

"现在，旺旺死了，我再也不吃狗肉了，永远！愿天下不论养过狗还是没养过狗的人，都不要吃狗肉。狗是人类最亲近最亲近的朋友啊！假如外星人打到地球，人类背叛人类将不足为奇，而我们剩下的最后一个朋友，那就是狗。假如我再吃狗肉，就等于吃自己，吃人。"

这些令人伤感的文字，仿佛是作者在大声疾呼，以此来唤醒冷漠与残酷的人类要"善待一切生命"。狗是人类最忠实的朋友，弗斯特在《狗的礼赞》一文中写道："在这个自私的世界上，一个人唯一毫不自私的朋友，唯一不舍弃他的朋友，唯一不背义负恩的朋友，就是他的狗。"爱狗，实际上就是热爱人类以外的一切生命。

甘地说过："一个国家的国民对待动物的态度如何，在某种程度上反映了这个社会的文明程度。"狗的问题，说到底其实就是人的问题，反映的必然是社会的文明程度。

房先生不仅是一个率真的人，还是一个有着悲悯意识的性情中人。文章中有一段对狗进行安乐死的描述："针插进去时，它歪了一下，看了我一眼。那个无法忘记的对主人满是依恋的眼神啊，那是穿透人的心灵的眼神！"狗的眼神穿透了作者的心，文字拨动的是读者的心弦，每当读到作者类似的文字时，痛的感觉就会在周身蔓延。一直觉得狗长有一双忧郁的眼睛，时常流露出让人怜惜的神情，当眼神触动了人的心灵时，爱正向我们走近。狗让我们心生爱意，爱狗人比常人多出了一份柔情。

读一篇好的文章，情绪是跟着作者的悲喜而动的。读完《祭房旺旺文》，我的眼中是有泪的，为了掩饰情绪，我逃出了办公室到操场上去跑步。慢跑在塑胶跑道上，眼前仿佛能看到作者在雨中安葬他小狗时的那孤独的身影，主人的心酸、自责，我全部能够体会。有熟知他的朋友在读完这篇文章后说：里面所有的精彩，都是向东痛苦伤疤上结出的痂，哀艳如同伤感的花。

从《怀念狗》这本书中得知，作者家中养狗最多时达十多只。房向东先生爱养狗，无论品种，从巴吉度、北京犬到土狗，皆一视同仁。一只叫努比的狗非常活泼，作者用《"色狼"努比》为题，记录下了这个"帅哥"的种种"劣迹"。这篇文章的文字亦如努比一样活泼、灵动。大量人性化的比喻，令人忍俊不禁。"巴基杜巴巴地望着我，他的两片大耳朵比腊肠狗还要大许多，其状如风雪边防线上的战士把棉军帽的护耳放下来。如此大耳，让双耳齐肩的刘备羞愧，为狗类中所少见，十分惹人喜爱……努比是美男子，那母狗虽然被强奸，但着实也应了弗洛伊德所言，女性潜意识中渴望体验被强奸的快感。"一只活生生的努比从作者的笔下走来，让我不由得不喜爱，甚至有不睹"帅哥"真容不快的感觉。

房向东先生的写作风格很有特色，语言的驾驭幽默、诙谐，文笔亦庄亦谐，轻松的文字令人哑然失笑，沉重的文字又会令人潸然泪下。才情与哲理在文章中闪烁着、跳跃着，带给读者的是心灵上的共鸣和震颤。身为鲁迅研究专家的他，常常戏称自己是"狗作家""狗奴才"，被圈内人誉为"中国文坛爱狗第一人"。正是他品质中的谦逊和平易随和，才让他体会到了悲苦小动物、小人物的情感，写出这篇篇好文章来。

喜欢这本书，喜欢书中的一个个真实的故事。我想，能感动我们的其实就是那份真实，真实中所流露出的人性。"好书不厌百回读"，喜欢好的文字给我带来的满足感和沉醉不归的心情。当我记录下这些文字的时候，不禁有了再次翻看的强烈愿望。